साहित्यिक निबन्ध

देह की मुँडेर पर

लेखक की कृतियाँ

कविता-संग्रह

एक दिन लौटेगी लड़की (1989)
अँधेरे में बुद्ध (1996)
यह आकांक्षा समय नहीं (1998)
थपक थपक दिल थपक थपक (2003)
मैं जब तक आई बाहर (2018)
प्रतिनिधि कविताएँ (2023)

यात्रा-वृत्तान्त

अवाक् (2008)

स्मृति-आख्यान

दिल्ली में उनींदे (2000)
इत्यादि (2019)

साहित्यिक निबन्ध

देह की मुँडेर पर तथा अन्य निबन्ध (2019)

अनुवाद-सम्पादन

जंगल में झील जागती : हरिभजन सिंह की प्रतिनिधि कविताएँ (1989)
देवदूत की बजाय कुछ भी : ज़्बीग्निएव हेबैर्त की कविताएँ (2022)
तेजस्विनी : अक्का महादेवी के वचन (2023)

देह की मुँडेर पर

गगन गिल

राजकमल प्रकाशन

पहली बार वाणी प्रकाशन से 2019 में प्रकाशित

ISBN : 978-93-6086-070-7

मूल्य : ₹595

पहला संस्करण : जुलाई, 2024

प्रकाशक : राजकमल प्रकाशन प्रा. लि.
1-बी, नेताजी सुभाष मार्ग, दरियागंज
नई दिल्ली-110 002

शाखाएँ : अशोक राजपथ, साइंस कॉलेज के सामने, पटना-800 006
पहली मंजिल, दरबारी बिल्डिंग, महात्मा गांधी मार्ग, प्रयागराज-211 001
1, अनमोल सोराबजी सन्तुक लेन, धोबी तलाव, मरीन लाइंस, मुम्बई-400 002
वेबसाइट : www.rajkamalprakashan.com
ई-मेल : info@rajkamalprakashan.com

मुद्रक : विकास कंप्यूटर एंड प्रिंटर्स
ट्रॉनिका सिटी-201 102

DEH KI MUNDER PAR
Literary Essays by Gagan Gill

देह की मुँडेर पर

क्रम

भूमिका

हर देह एक मुँडेर है।

उसकी सीमा से आगे संसार शुरू होता है। संसार, जिसका रहस्य, जिसमें अपनी उपस्थिति का आशय, हमें समझना होता है।

स्त्री हो, तो उसे हरदम ध्यान रखना होता है, कहीं उलच न जाए, गिर न जाए। ऐसा नहीं कि पुरुष जीवन कोई आसान जीवन है, फिर भी।

मैंने इस संसार को स्त्री की आँख से ही देखा है। मेरी संज्ञा का कोई पक्ष नहीं जो स्त्रीत्व से अछूता हो। फिर भी मात्र स्त्री नहीं, जैसे चिड़िया केवल चिड़िया नहीं, मछली केवल मछली नहीं।

मुझमें उड़ान है और डुबान भी। हालाँकि न मैं चिड़िया हूँ न मछली।

हमारे होने का यही रहस्यमय पक्ष है। जो हम नहीं हैं, उस न होने का अनुभव हमारे भीतर जाने कहाँ से आता है?

कुत्ते का नंगा ज़ख़्म देख हम काँप क्यों उठते हैं? कौन हमें ठिठका देता है? कुत्ता तो हमसे कुछ नहीं कहता।

साहित्यिक विमर्श में बोलना कुछ इसी तरह है। विषय जो भी हो, मूल में यही प्रश्न रहता है, इस या उस जगह पर आप ठिठके होंगे,ज़रा खोलकर बताइए, क्यों। अगर वहाँ नहीं रुके थे, तब भी सोचकर बताइए, क्यों।

आप लिखते हों, तो कतरा नहीं सकते। उत्तर देना पड़ेगा। शब्द में उसे बाँधना पड़ेगा। समझना पड़ेगा।

इस पुस्तक के निबन्ध कुछ ऐसे ही प्रसंग हैं। मूल रूप से यह साहित्यिक सभाओं के लिए लिखे गए थे। हर सभा के अलग स्रोत, अलग जिज्ञासु। ज़ाहिर है, इस तथ्य ने भी बतकहनी के लहज़े पर असर डाला होगा।

जब इन्हें लिखा गया था, तब कभी सोचा नहीं था, एक दिन ये किसी पुस्तक में एक दूसरे की अगल-बगल होंगे। कि अनायास ही ये आपस में बहस करते दिखेंगे।

वह बहस ही क्या, जो अपने साथ न हो?

हम हर दिन बदलते हैं। मैं भी बदली हूँ। संसार अब भी उतना ही अबूझ है जितना पहले दिन था।

मैंने इन्हें एक लेखक की तरह लिखा था। विनय की इबारतें, जब हम अपने क्राफ़्ट को समझना शुरू करते हैं। शायद इनसे कोई बात निकलती हो, बनती हो।

12 अप्रैल, 2018

—गगन गिल

देह की मुँडेर पर

एक निजी कथन से अपनी बात शुरू करना चाहती हूँ। मैं कवि हूँ,लेकिन हर समय नहीं। स्वतंत्र भी मैं उतनी ही हूँ जितना अपने को होने देती हूँ। लेकिन स्त्री हूँ, इसका बोध मुझे सोते-जागते हर क्षण रहता है। कपड़ों के चुनाव में, उठने-बैठने के ढंग में, बोलचाल की भाषा में कौन-से शब्द मेरे मुँह पर न आएँ—इसमें। ये तीनों भाव मेरे होने को अपनी-अपनी तरह गढ़ते हैं, लुकन-छिपी खेलते हैं, कभी मेरी कविता पकड़ में आती है, कभी मेरी स्वतंत्रता और कभी मेरी स्त्री।

लिखने का क्षण जितना कष्टकर बनकर आता है, उसके चलते कई बार इच्छा हुई है कि इस समय मैं कवि होने की बजाय कुछ और भी हो सकूँ तो कितना अच्छा हो। घर के किसी पौधे का पीला पत्ता हटा दूँ। गिलास कमरे से उठाकर सिंक में रख आऊँ। चादर की सिलवट ठीक कर दूँ।

वह क्षण आता है तो कहीं नीचे पसलियों में साँस अटक जाती है, अँधेरा घिरने लगता है, आसपास की आवाज़ें कहीं और जाने लगती हैं। महादेवी अक्का के शब्दों में कहें तो 'जैसे रेशम का कीड़ा बुनता है अपना घर।'

कोरे काग़ज़ पर एक शब्द लिखा जाता है, कभी एक पूरी पंक्ति। उस सारी शारीरिक यातना का 'निचोड़'—सिर्फ़ यह। समूची कविता मालूम नहीं कब बनती है, कैसे बनती है। और जो कविता, अन्तिम ड्राफ़्ट में छपने के लिए तैयार होती है, उसमें इस प्रथम त्रासदायी क्षण की स्मृति हो ही—यह ज़रूरी नहीं।

कितना अच्छा है कि मैं हर समय कवि नहीं हूँ। लेन सिक्सू ने जिसे 'born carried away' कहा है, वह नहीं हूँ। यदि मैं वह होती तो मेरी मानसिक हालत को ख़तरा हो सकता था। एड्रियन रिच की वह स्त्री भी मैं नहीं हूँ, जिसके लिए उन्होंने कहा है वह स्त्री उठाए है मेरा उन्माद और मुझे उससे डर लगता है। 'She is carrying my madness and I dread her.'

मेरी यह काया, यह व्यक्ति-विशेष मुझे कभी-कभार पागलपन के पानियों में डूबने-उतरने की मोहलत देते हैं और समय रहते बाहर निकाल लेते हैं। किसी अच्छे दिन मैं किसी बनी-अधबनी कविता का मोती चुग जाती हूँ। क्या यह सौभाग्य नहीं? जो लोग मुँडेरों पर झूलते रहते हैं, उनमें से कितनों को बचने का यह मौक़ा मिलता है?

कितना अच्छा है कि मैं पूरी तरह स्वतंत्र भी नहीं हूँ। स्व के बनाए तंत्र में, तन्तु जाल में कितने ही बारीक गड़हे हैं, हो सकते हैं। उनमें किसी में भी ग़लत जगह मेरा पैर पड़ सकता है। परम्परा द्वारा परिभाषित और रेखांकित मेरी स्त्री भले ही कभी-कभी मुझे कुंठित करती हो, लेकिन वही मेरा आसरा बनती है। कविता और स्वतंत्रता की माँगों से थककर जब मैं उसके कन्धे पर अपना सिर टिकाती हूँ, वह मेरे लिए एक अदृश्य द्वार खोलती है—समस्त स्त्रियों के एकान्त का प्रवेश-द्वार। यहीं मैं वह होती हूँ, जिसे होने के लिए मुझे प्रयास नहीं करना पड़ता।

संसार से छिटककर मैं अपनी नाभि से जुड़ती हूँ।

क्या है एक स्त्री का एकान्त?

वह एक पुरुष के, एक जाति के, एक आदिवासी के एकान्त से किस तरह भिन्न है?

स्त्रियों के एकान्त में देवता नहीं रहते। ईश्वर नहीं रहता।

उसमें भवसागर है और भवबाधाएँ। कुछ प्राचीन कथाएँ हैं और स्वप्न। और धुँधली-सी एक धुन, जिसे वे हर देश-काल में अपनी-अपनी तरह से पकड़ती हैं। इस धुन को पकड़ते हुए ही वे अपनी काया से बाहर आती हैं, काल की गिरफ़्त से स्वतंत्र होती हैं।

लेखन अन्ततः एक तरह का शव-आसन ही है। अपने शरीर, अपनी काया से बाहर खड़े होकर अपना होना देखना। एक प्रकार की सिद्धि, जो हमारे यहाँ सैकड़ों वर्षों से योगी करते हैं। दिलचस्प बात यह है कि अपने स्त्रीत्व को पार करने के बाद एक स्त्री अन्त में जिसे हासिल करती है वह इस पृथ्वी पर अपने होने के बारे में ही एक नई साफ़ समझ है।

देह, एक स्त्री-देह, इस सच को जानने हेतु ज़्यादा से ज़्यादा एक औज़ार भर है, स्टेथोस्कोप के सिरे पर लगा एक काँच। उसके भीतर जो सुनाई पड़ता है, वह जितना औज़ार के कारण है, उतना ही उस 'उपस्थिति' के कारण, जिसे वह एक क्षण-विशेष में, एक विशेष दबाव से छूती हैं।

ठिठक गई मैं
पेड़ के पास
हवा
डाल पकड़कर झूल रही थी
हवा में

(ज्योत्स्ना मिलन : 'हवा पेड़')

हवा डाल पकड़कर झूल रही थी, दर्ज करने के लिए ज़रूरी है कि न सिर्फ़ कोई 'मैं' वहाँ से गुज़रे, बल्कि ठिठक भी जाए।

ठिठकना ही इस सृष्टि को देखना है—ईश्वर की कोमल स्त्री-दृष्टि से देखना।

एक व्यापक अर्थ में सारे-का-सारा स्त्री-लेखन उन जगहों पर ठिठककर देखने का क्षण है, जहाँ 'पुरुष-लेखक' तो क्या, शायद ईश्वर भी स्थितियों की साधारणता, अनाटकीयता के कारण नहीं रुकता। सृष्टि अपने कुछ रहस्य एक स्त्री-दृष्टि की प्रत्याशा में छिपाए रखती है, कुछ वैसे ही जैसे एक पौरुष की आकांक्षा में वह नित्य नये महा-सत्य प्रस्तुत करती है।

यहाँ मैं स्त्री-दृष्टि की बात कर रही हूँ। स्त्री की दृष्टि की नहीं।

ज़रूरी नहीं कि एक स्त्री के पास स्त्री-दृष्टि हो ही। बल्कि हममें से अधिकांश तो स्वयं को, स्वयं की दुनिया को, एक मानक पुरुष दृष्टि से देखने की इतनी सहज अभ्यस्त हैं कि किसी भी दूसरी तरह से स्वयं को देख पाना हमारे लिए मुश्किल होगा।

विडम्बना तो यह है कि हमारे यहाँ का अधिकांश स्त्री-लेखन स्वयं को इसी पुरुष-दृष्टि से परखने का लेखन है। इसीलिए वह कमतर भी है। जहाँ-जहाँ स्त्री ने स्वयं को स्वयं की दृष्टि से देखा है, वह अपने वर्ण-वर्ग से परे चली आई है। अपनी जाति से मुक्त हो गई है। यदि आज तथाकथित 'पुरुष' लेखन ही मुख्यधारा साहित्य माना जा रहा है तो इसलिए भी कि अपने सृजन-कर्म में पुरुष सहज है, उसके मन में अपनी जाति के कारण या इस सृष्टि में अपनी जगह को लेकर कोई फाँक नहीं है। उसके सब रचनात्मक संकटों में उसके पैरों के नीचे एक पुख़्ता ज़मीन है।

और स्त्री की ज़मीन? एक दलित की ज़मीन, एक आप्रवासी की ज़मीन, एक अश्वेत की ज़मीन।

वह बार-बार हिलती है।

हिलती है और उसमें से खाँचे निकल आते हैं—स्त्री-लेखन, दलित-लेखन, आप्रवासी-लेखन, अश्वेत-लेखन...

एक स्त्री के यहाँ घर प्राय: एक स्वप्न है, सन्तान एक स्वप्न है, प्रेम तो ख़ैर स्वप्न है ही।

जितना अधिक एक स्त्री यथार्थ में इनसे घिरती जाती है, उतना वे सब उसकी कल्पना में अमूर्त होते जाते हैं। बल्कि कुछ ऐसी कल्पना का घर, सन्तानें और रोज़मर्रा की खिटखटें उसे अधिक प्रामाणिक जान पड़ती हैं।

अपनी कल्पना में स्त्री स्वयं को एक ही समय निर्वासित करती है और स्थापित भी। कुछ ऐसे कि एक स्त्री के भाग्य में जो कुछ घटता है, वह संसार भर की स्त्रियों के भीतरी संसार को प्रभावित करता है।

क्या ऐसा कोई दावा हम 'पुरुष-लेखन' के लिए कर सकते हैं?

कठिन परिस्थितियों में अर्जित की गई कला, वह एक नीग्रो की हो या यहूदी की, राजनीतिक बन्दी की हो या स्त्री की, एक अलग गरिमा लिये रहती है। हमारी औसत गृहस्थियों की घुटन ने हमारी स्त्रियों की कल्पनाशीलता को जो अभूतपूर्व आयाम दिये हैं उसे कौन नहीं जानता। वे हमारे लोक-साहित्य में लोरियाँ हों, विदा-गीत हों, या ससुराल के कुटुम्बियों का उपहास—स्त्रियाँ हर हालत में अपने लिए एक झरोखा बना लेती हैं।

एक ऐसा आकाश-गीत, जिसे सिर्फ़ पिंजरे में रहनेवाला पक्षी ही गा सकता है।

यही न केवल उनकी असली स्वतंत्रता है, बल्कि सफलता भी। हालाँकि इस सबका उल्लेख करके मैं किसी भी स्त्री की निजी पीड़ा को छोटा नहीं करना चाहती। यहाँ मेरा अभीष्ट केवल पीड़ा और स्वतंत्रता के रहस्यात्मक सम्बन्ध की ओर संकेत करना है।

तब फिर एक स्त्री का स्वतंत्रता-बोध क्या हो?

घर, प्रेम और अपनी जाति से अलग उसकी ऐसी कौन-सी ज़मीन हो, जो सिर्फ़ उसकी अपनी हो?

क्या यह सम्भव है कि जिसे हम 'स्वतंत्रता' समझते हैं, वह एक व्यक्ति के जीवन में मूल्य की तरह होती ही न हो?

वह केवल उतने ही खंड में घटित होती हो, जितने में उस व्यक्ति-विशेष का रचना-कर्म?

कि उसकी रचना-प्रक्रिया अपने लिए कविता के साथ-साथ उतनी भर स्वतंत्रता गढ़ लेती हो, जिसमें कविता साँस ले सके?

क्या यह सम्भव है कि शब्दों के आकाश के अतिरिक्त कविता के पास कोई और आकाश होता ही न हो? कि कोई दूसरा आकाश स्वयं रचनाकार के पास भी न होता हो?

कि इसी कर्त्ता-कारक के चलते कवि को कविता की, कविता को कवि की ज़रूरत पड़ती हो—परस्पर मुक्ति के लिए?

एक स्त्री के शब्द ही वह प्रति-संसार हैं जिनमें वह स्वयं को प्रतिष्ठित कर सकती है। एक स्त्री के प्रश्न और संशय ही वह थोड़ी-सी ज़मीन हैं, जहाँ वह स्वतंत्र है।

लिखने के लिए, लेकिन जानना ज़रूरी है। एड्रियन रिच ने कहा भी है :

माना कि तुम लिखना चाहती हो
एक स्त्री दूसरी की
चोटियाँ गूँथ रही है, इसके बारे में
सीधी या सलमों-सितारों वाली
तीन वेणियों वाली या खजूरी चोटियाँ
तुम्हें जाननी होगी
बालों की लम्बाई, उनका प्रकार
जानना होगा
वह स्त्री क्यों चुन रही है
अपनी चोटियाँ करना
कैसे बनाई जाती हैं वे
किस देश में हो रहा है यह
और क्या-क्या होता है उस मुल्क में
तुम्हें इन सबके बारे में जानना होगा

(नॉर्थ अमेरिकन टाइम)

लिखने के लिए 'जानना' ज़रूरी है, लेकिन 'जानने' के बाद लिखा ही जाए, यह क़तई ज़रूरी नहीं। जानने और अन्तिम तौर पर लिखे जाने के बीच ही वह आलोक-क्षेत्र है, जहाँ मुक्ति सम्भव है।

जाने हुए सच को लिख देना ही जाने हुए सच से मुक्ति है।

('पूर्वग्रह', अंक 104)

स्त्रीत्व को भाषा में पढ़ते हुए

सितारे तोड़ कर मैं झाँकती हूँ भीतर
वहाँ कुछ नहीं
उसके बाद भी कुछ नहीं
और फिर एक शब्द
किसी अजनबी भाषा का

—एलिज़ाबेथ बोर्शर्स

स्त्रीत्व यानी नारीत्व यानी पत्नीत्व यानी नारी सुलभ कोमलता, दुर्बलता आदि।

बृहत् हिन्दी कोश के अनुसार इन सब पर्यायों के अतिरिक्त स्त्रीत्व एक पुल्लिंग शब्द भी है!

जिस भाषा में स्त्री-तत्त्व को व्याख्यायित करनेवाला शब्द ही दूसरे गुट में चल जाता हो, वहाँ हमारे इस सत्र के विचारणीय विषय में पहली सेंध तो स्वयं भाषा ही लगा देती है।

सबसे पहले हमें भाषा की तरफ़ चलना है। 'भाषा जो सन्नाटे का द्वार है।' सन्नाटा जो भाषा के भीतर भी है, और उसके दूर-पास के छोरों पर भी। किसी ने कहा है, वह सभ्यता जो शब्दों में टिकी है, एक बेचैन सभ्यता है। भाषा सीखने के बाद सबसे पहला अलगाव मनुष्य का प्रकृति से हुआ। उसकी विचित्र बोली का परिणाम यह हुआ कि किसी विपदा में यदि उसने दूसरी प्रजातियों को पुकारना चाहा भी, तो वे उसकी भाषा नहीं समझीं।

भाषा सीखकर मनुष्य ने दूसरा प्रहार ईश्वर के द्वार पर किया। ईश्वर के साथ उसके विद्रोही, असुविधाजनक सम्बन्ध की तह में भाषा ही है। मानवीय सम्बन्धों की नियामक भी भाषा ही बनी। इस तरह स्त्री, जो पृथ्वी पर मनुष्य की आक्रामकता में प्रायः मनुष्य की सहयोगी थी, जब वही मनुष्य की आक्रामकता का केन्द्र बनी, तो वह अकेली रह गई। ईश्वर और प्राकृतिक शक्तियों को पुकारते हुए वह जिस भाषा का प्रयोग करती थी, यह वही थी, जो वे नहीं समझते थे।

तब वह स्त्री कहानियाँ बुनने लगी। कहानियाँ, जो अकेले में वह स्वयं को, अपनी नस्ल को सुनाया करती थी।

बहुत पहले एक परी थी जो अक्सर प्रेम में अपने पंख उतारकर आदमी को दे देती थी ताकि वे साथ रह सकें। लेकिन आदमी का डर था कि जाता नहीं था। उसे हरदम यह धुकधुकी लगी रहती, आसमान में रहनेवाली कभी भी उड़ जाएगी। परी का प्रेम उसकी आश्वस्ति के लिए काफ़ी न था। एक दिन जब परी घर के किसी दूसरे हिस्से में थी, आदमी ने उसके पंख जलते चूल्हे में झोंक दिये। और तब उसने देखा कि पीड़ा में चीख़ती परी धू-धू करके जल रही थी।

परी के पंख ही परी थी।

पहली बार उसने ख़ुद को पंखों से अलग किया। दूसरी बार आदमी ने, जिसे उसने वे पंख स्वयं ख़ुशी-ख़ुशी सौंपे थे।

इस तरह स्त्री धीरे-धीरे एक निजी भाषा गढ़ने लगी, एक निजी भाषा में जाने लगी।

उसकी कहानियों और गीतों में एक प्रति-संसार रचा जाने लगा। इस प्रति-संसार में उसे हर तरह का अवकाश था जो अन्यत्र कहीं दुर्लभ था।

लोक-कथाओं से लेकर हमारे समय में ज्योत्स्ना मिलन के उपन्यास 'अ अस्तु का' तक एक ही प्राचीन स्त्री इस अवकाश को रचती है।

अवकाश।

यानी आकाश।

यानी पंख और उड़ान की स्मृति।

> *दुर्घटनाओं के बारे में सिर्फ़ वे लोग लिख सकते हैं, अपनी कल्पना और बुद्धि के बल पर, जिन्होंने उसमें हिस्सा नहीं लिया। जिन्होंने उन्हें भुगता, उनके लिए इन घटनाओं के सब हिस्से भुरभुरा गए थे, वे यथार्थ से बाहर चली गई थीं।*

वैसे तो यह बात जॉर्ज स्टाइनर ने सिल्विया प्लाथ की होलोकास्ट सम्बन्धी कविताओं के बारे में कही थी लेकिन क्या यह सभी पीड़ातीत, शब्दातीत, घटनाओं पर लागू नहीं होती?

न सिल्विया प्लाथ में यहूदी रक्त था, न ही उन्होंने किसी नात्सी प्रोग्राम का आतंक निजी तौर पर झेला था।

तब क्या इसीलिए 'होलोकास्ट' उनकी आन्तरिक दुनिया में इतनी तबाही मचाता था?

हमारे अपने यहाँ क्या बा अपनी कहानी कभी ख़ुद लिख सकती थी?

क्या यह सच नहीं कि अपने निजी अनुभव में हम ऐसी कितनी ही बा को जानते हैं। सताई हुई स्त्रियाँ जो भाषा में, आख्यान में, लगभग जड़वत् हैं। फ़ॉसिलाइज़्ड हैं। पति को पंखा झलतीं, अँधेरे में एकटक देखतीं।

समूची मानवता को झिंझोड़ देनेवाला उनका मौन इतने लम्बे समय तक आख़िर कैसे चला?

यहाँ मैं, हमारे इधर के हिन्दी साहित्य में स्त्रीत्व के जो शिल्प बनते हैं, उनमें से तीन कृतियों की तह में जाना चाहती हूँ। तीन अलग-अलग मिज़ाज की लेखनियों से निकली ये कृतियाँ अपने पाठ में मुझे बहनें जान पड़ती हैं। वे जिन लोकों में विचरती हैं, जहाँ से भी लौटती हैं, उनके चेहरे पर मुझे एक जैसी यात्रा की धूल दिखाई पड़ती है। हो सकता है, इन कृतियों की और भी बहनें हों।

फ़िलहाल मेरी चर्चा के केन्द्र की ये कृतियाँ हैं—अमृता भारती की 'सन्नाटे में दूर तक', कृष्णा सोबती की 'ऐ लड़की' और ज्योत्स्ना मिलन की 'अ अस्तु का'।

सबसे पहले अमृता भारती।

समकालीन हिन्दी कविता की एक महत्त्वपूर्ण मगर उपेक्षित आवाज़।

आज के इस आयोजन में उनकी अनुपस्थिति को रेखांकित करना चाहती हूँ। काश, आयोजकों को अक्सर चर्चा में रहनेवाले नामों के अलावा सुदूर दक्षिण के किसी आश्रम में रह रही इस मौन-पसन्द कवयित्री को आमंत्रित करने का ख़याल आया होता। मुझे आशंका यह भी है कि यहाँ बैठे अधिकांश लोग उनके काम से अपरिचित होंगे।

किसी के नाम से परिचित होना लेकिन काम से नहीं—यह एक टिप्पणी है।

बहरहाल इसके कारणों की चर्चा में न जाकर यहाँ मैं अमृता भारती की कुछ कविताओं से सविस्तार उद्धरण देकर अपनी बात कहना चाहती हूँ। यह शायद उनकी कविताओं से हमारा परिचय भी बने।

निर्णय देते वक़्त
उनके दो चेहरे थे
एक पशु का और दूसरा भी पशु का ही—
जब उन्होंने कहा—
वह औरत है और वेश्या भी
बाहर निकलते हुए
वह एक छोटी हँसी हँसी थी
और उँगलियाँ
धीरे-धीरे अपनी कोख की ओर बढ़ाते हुए
उसने चारों तरफ़ देखा था
लेकिन शर्मिन्दा होने से पहले ही
वह अपनी शर्म को छू चुकी थी
और इस बार उसकी हँसी
मुझे वहाँ ले गई
उस अभिमान के क़रीब
जिसे मैंने

ईश्वर के साथ खड़ी स्त्री
के चेहरे पर देखा था।

('आज या कल या सौ बरस बाद' से)

एक पाठक के नाते मेरे लिए अमृता भारती के पिछले तीनों संग्रह अशान्त कर देनेवाले रहे हैं।

ईश्वर के गलियारे से आईं उनकी अधिकांश रचनाएँ, उस संसार में पुरुष, बाहर के लोग इस क़दर बाधा डालते नज़र आते हैं कि अनायास ही उनके लिए बचाव का भाव बनता है। यह उस भाव से अलग है, जो आत्म-दया वाली रचनाएँ हमारे भीतर जगाती हैं, बल्कि आत्म-दया की माँग तो दूसरे में केवल उलझन और उस भाव को ही जन्म देते हैं।

अमृता भारती जैसे अपने ही उद्वेग में, आवेग में जलती हैं।

विवाह और पारिवारिक ज़िम्मेवारियों के संसार से दूर उनकी रचनाएँ एक ऐसी स्त्री की रचनाएँ हैं, जिसका एक पैर संसार में है, और दूसरा ईश्वर की दहलीज़ के भीतर।

इतने थोड़े से प्रकाश में
लिखनी है मुझे
अँधेरे में पड़ी
इतनी बड़ी कविता

(अ.भा.)

क्या इसीलिए उनका सन्ताप बेचैन करता है?

याकि इसलिए कि ईश्वर की उपस्थिति के बावजूद वह उसी तरह रहता है; अक्षुण्ण और हर तरह की, ईश्वर की भी, मदद से परे?

पहले वह एक अँधेरा कोना था
वहाँ एक आदमी आकर खड़ा होता था
उस अँधेरे कोने में
और दसों नखों से

गड्ढा खोदने लगता था
एक औरत के हृदय में

उनके पैर जमे हुए थे
ज़मीन पर
और अब
वे मेरे पैर जमाना चाहते थे
पर मैं उखड़ गई
कि स्वप्न रोप सकूँ
स्वप्न जो आकाश में था
और ज़मीन ढूँढ़ रहा था

('सन्नाटे में दूर तक' से)

ईश्वर के द्वार तक बह आए इस आवेग के पड़ाव में अलग होने की यातना रही है और नियति का संकेत भी, एक ऐसी निरावरणता का संकेत, जिसमें व्यक्ति अपनी क्षीणतम छाया से भी अलग हो जाता है—स्मृतियों से अलग स्मृतिवान।

उससे अलग होना
उस आदमी, उसके बच्चे से
...अन्धकार में कहे गए
उसके सारे संवादों से—
अलग होना ही
मेरी नियति का
एक अनिवार्य प्रसंग है
उससे अलग होना
मानो वक़्त से अलग होना है
सूर्यमंडलों से अलग

('आज या कल या सौ बरस बाद' से)

अमृता भारती हमारी अन्य कवियों से अलग दीखती हैं तो इसलिए कि वे किसी बने-बनाए सूर्यमंडल से बाहर हो गई हैं। एक गहरे अर्थ में वह अक्का महादेवी की बेटी लग सकती हैं। अन्त तक अक्का महादेवी संसार की मांसलता और उसका द्रोह नहीं भूली थीं।

*वह सोई थी ईश्वर के साथ/और अपनी जात गँवा बैठी है...*यह अक्का महादेवी की पंक्तियाँ हैं।

फ़र्क़ सिर्फ़ इतना है कि अक्का महादेवी की तरह अमृता भारती ईश्वर के कारण अपनी जात नहीं गँवातीं, बल्कि 'जात गँवाने' के बाद ईश्वर की शरण में जाती हैं। अपने अजन्मे शिशु, शरीर में गर्भाशय, अनभोगे स्त्रीत्व को वह अन्त तक याद रखती हैं।

उस औरत का पूरा शरीर था
और उसमें गर्भाशय भी था
पर
हमेशा उसके शिशु का जन्म
उसके हृदय में होता
और गर्भाशय में आकर
वह शिशु मर जाता...

('सन्नाटे में दूर तक' से)

यह स्त्री कृष्णा सोबती की 'ऐ लड़की' की उस लड़की से बहुत अलग है, जो अकेली और अविवाहित है, जिसका अपनी देह के साथ एक अस्पष्ट-सा सम्बन्ध है, आत्म-विस्मृति और आत्म-निर्वासन के बीच का।

विडम्बना यह है कि अपनी तमाम सांसारिक उपस्थितियों के बावजूद 'सन्नाटे में दूर तक' एक स्त्री का ईश्वर के साथ संवाद/सन्ताप का शिल्प है। जबकि 'ऐ लड़की' जो ऊपरी तौर पर एक स्त्री का विदा गीत लग सकता है, दरअसल स्त्री की आकांक्षा का शिल्प है।

इन दो अलग-अलग मिज़ाज की कृतियों का एक-दूसरे में गड्डमड्ड होना ही इनके किसी अर्थ में 'बहनें' बहनें होने की पुष्टि है।

आकांक्षा एक अनवरतता है 'ऐ लड़की' में।

यह वही आकांक्षा है, जो महात्मा बुद्ध के अनुसार, अपनी तृप्ति के लिए पुनर्जन्म लेती है।

'ऐ लड़की' में यह आकांक्षा आम के रस, बरसात के खुले में स्नान और अपनी सन्तान के निरन्तर सान्निध्य में बसी है। माँ को विश्वास है, सृष्टि के अन्त तक वे दोनों इसी तरह लुकन-छिपाई खेलती रहेंगी, जन्म-जन्मान्तर के आँगन में, माँ और बेटी, बेटी और माँ।

लेकिन बेटी की तो बेटी नहीं कोई। फिर अगर माँ लौटना चाहेगी तो किस रास्ते लौटेगी?

> *तेरी पंक्ति में कोई नहीं, न किसी की माँ, न दादी, न नारी। तू है वनस्पति, कुश, घास-तिनका...*
>
> ('ऐ लड़की' से)

सृजन, स्मृति और जीवन के उत्सवों में बार-बार ठिठकती मरणासन्न माँ परलोक-पथ के लिए एक दीया लड़की से अपने बिस्तर के निकट रखवाती है, एक रखा रह जाता है उसके कथन में।

लड़की, तुम्हारा भाई आ तो जाएगा न?

आकांक्षा की इस ऊँची-नीची ज़मीन से कुछ दूर ही खड़े हैं यम। उनके आतंक की भी इस स्त्री को उतनी ही तीखी अनुभूति है जितनी बीते सुखों की, लेकिन अपने अन्तिम क्षणों में अब वह, माँ या बेटी नहीं, अगले जन्म में एक पुरुष होना चाहती है क्योंकि—

> *अपना निज का कोई काम नहीं सँवारा, इसका बड़ा कष्ट है मुझे...चाहती थी पहाड़ की चोटियाँ चढ़ूँ।*
>
> (वही)

यह इच्छा अस्तु के मोक्ष से अलग है। अस्तु मोक्ष नहीं चाहती क्योंकि उसके लिए अगले जन्म में पुरुष बनना होगा। दोनों कृतियों में एक परिचित-सी ज़नाना थकान है, female fatigue, जिसकी बात एड्रिएन रिच करती हैं—

मैं बहुत कम लिख पा रही थी, कुछ थकान की वजह से, कुछ ज़नाना थकान की वजह से, जो मेरे आत्म से, मेरे being से मेरा सम्पर्क टूट जाने के कारण दबे क्रोध में निकल रही थी...

स्त्रीत्व का शिल्प आकांक्षा से अनकिये काम में प्राय: हमेशा बदल जाता है।

यह वही काम है, जो समूची कथा में अस्तु को याद नहीं पड़ता। एक ज़रूरी काम था, यह तो याद रहता है, लेकिन वह क्या था, यह नहीं। 'ऐ लड़की' की दोनों पात्र—स्त्री, जिसे कुछ नहीं कर पाने का रंज है और लड़की जो सब कुछ अपने मन से कर सकती है, हमारे देखते-देखते अस्तु की बहनें हो जाती हैं।

बा, एक प्राचीन सताई हुई औरत, अपनी कहानी नहीं लिखती, लेकिन अस्तु अपनी कहानी लिखती है।

उसके हाथ अभ्यासवश रोटियाँ बेलते हैं, आँखें पेड़ देखती हैं, मन आसमान में चीलों के साथ उड़ता रहता है। यह नहीं कि अस्तु बँधी नहीं है घर से, बा की तरह।

उसे पक्का पता था कि पानी उसे डुबो नहीं सकता और बकौल सन्ति के, आसमान उसे क़ैद नहीं कर सकता। फिर भी घर के बारे में ऐसा कोई दावा वह नहीं कर सकती कि घर उसे दबोच नहीं सकता, कि घर उसे बचा सकता है ऐन वक़्त पर...बल्कि घर से जब बाहर होती है, तो उसे लगता है कि उसका कोई कुछ भी बिगाड़ नहीं सकता, वह बाहर रहेगी, तब तक बची रहेगी। घर में तो कुछ भी हो सकता है...

('अ अस्तु का' से)

यह वैसा ही घर है, जिसमें 'ऐ लड़की' की लड़की एक कमरे से दूसरे में जाती है।

लगभग हर बार, जब माँ के प्रश्न उसे कष्ट देते हैं।

घर में उसकी पीड़ा के लिए एकान्त नहीं है, कमरे में नहीं, दीवार को एकटक घूरने में है।

दीवार में देखने से मूरतें नहीं बनतीं।

माँ उसके एकान्त का अन्तिम शरण-स्थल भी भंग करती है।

लड़की की दीवार और अस्तु का आसमान एक ही है—वे एक आईना हैं, मन और मानस का आईना, जिसमें वे दोनों अपने प्रश्नों के अक्स देखती हैं।

बा की बेटी की बेटी है अस्तु। उसने अपने बचाव का रास्ता खोज लिया है।

क्या बा की त्रासदी यह है कि वह स्वयं को छूट नहीं देती?

भाषा तक के, मन की किसी अँधेरी गुफा तक में उड़ने से वह डरती है?

सिर्फ़ अस्तु ही बा की बेटी हो सकती है।

बा अपने जीवन में केवल एक बार छत पर जाती है और उसे, ठिंगनी-सी स्त्री को, इतना विशाल आकाश देखकर ऐसा आतंक होता है कि फड़फड़ाती हवा के साथ कहीं वह उड़ न जाए।

अस्तु बा का ही पुनर्जन्म है।

अपने नये जीवन में वह उड़ना चाहती है, देर और दूर तक, आसमान ख़त्म हो जाने तक।

भाषा का आसमान क्या है?

भाषा के आसमान में अस्तु की आकांक्षा कितने ही पुनर्जन्म ले सकती है। बा की आत्मा मुक्ति पाती है अस्तु में। अस्तु के आख्यान में।

> *तो क्या मुक्त आत्माएँ पीपल के पत्तों की तरह शोर मचा सकती है? हाँ, क्यों नहीं वरना मुक्ति काहे की हुई...कितनी मज़ेदार बात है। एक जन्म चील का, एक चींटी का, एक पेड़ का...एक आदमी का, एक औरत का। क्या कुछ नहीं हुआ जा सकता?*
>
> (वही)

कहानी बनने में बा को कई साल लगते हैं।

पहले-पहल वह अस्तु की कहानी में झाँवला देती है।

> *पाया हथेली पर रखकर नाना कमरे के बीचोबीच खड़े हो गए। अब बता, उस हरामी ने कौन सा पैर मारा था? दायाँ की बायाँ?*

एक भटके हुए पितर की तरह बा अस्तु की कहानी में आकर चली जाती है।

> *वह बरसों से कोशिश कर रही थी और उस दिन निकाल लेने के बाद से तय नहीं कर पा रही थी कि पाए के नीचे दबा हाथ किसका था? नानी का या उसका अपना?*

कई बरसों तक 'बा' की कहानी अपने लिए शब्द ढूँढ़ती है। भारी शब्दों का वज़न सँभालने के लिए अपना मौन टटोलती है।

इस बीच उसकी लेखिका कई कहानियाँ लिखती है। दाईं करवट-बाईं करवट के द्वन्द्व पर वह हर तरह से विचार करती है। 'बा' का प्रेत भटकता है।

भाषा में स्त्री की मुक्ति का शिल्प बनता है।

> *कोई भी बड़ी कृति अकेला व एकाकी जन्म नहीं है, वह बरसों से चली आ रही किसी सोच का परिणाम है। किसी एक वर्ग की सोच का परिणाम, इतना कि एक अकेली कृति के भीतर कितने ही लोगों का अनुभव रहता है।*
>
> —वर्जीनिया वुल्फ़

तब क्या इस बीच हिन्दी लेखन में स्त्रीत्व के ये कुछ शिल्प, जो अनायास बन गए हैं, किसी परिवर्तन का संकेत हैं?

'ऐ लड़की' जैसी रचना के बाद क्या एक स्त्री की मृत्यु को, और यहाँ स्त्री भी महत्त्वपूर्ण है और मृत्यु भी, किसी दूसरी तरह से लिखना सम्भव हो सकेगा?

हमारी भाषा, स्त्री के पक्ष में, एक नामालूम करवट ख़ुद-ब-ख़ुद ले रही है।

क्या वह स्त्री, जो अभी तक इतिहास के एक कोने में चुपचाप खड़ी थी, धीरे-से चलकर भाषा में सिर्फ़ बैठ ही नहीं रही, बल्कि 'प्रतिष्ठित' भी हो रही है?

इन तीन कृतियों के ज़रिये आनेवाले साहित्य में किसी बहुत अर्थवान स्त्री-पक्ष, जो स्त्रियों के किसी आन्दोलन और विमर्श से कहीं अलग और अधिक सूक्ष्म होगा, उसकी गूँज क्या आपको भी सुनाई देती है?

(भारत भवन में आयोजित परिसंवाद, 1988)

इक्कीसवीं सदी में कविता

इस विषय पर सोचते हुए मैं थोड़ा-सा 'इक्कीसवीं सदी' की तरफ़ गई, थोड़ा-सा उस 'कविता' की तरफ़ जो अभी लिखी जानी है, लेकिन ज़्यादा समय मैं 'में' में ही अटकी रही।

एक सन्धिकारक शब्द 'में'।

इक्कीसवीं सदी और कविता जैसी दो स्वतंत्र इकाइयों को जब यह जोड़ता है, तो कुछ अर्थ खुलते-से प्रतीत होते हैं।

शब्द 'में'—दो भिन्न बहावों के बीच ठहरा हुआ कोई द्वीप।

एक भविष्य-द्वीप, जिस पर पहुँच जाने की आकांक्षा हर अनलिखी कविता करती है?

एक खोया हुआ देश, जिसे हर रचना खोजती है?

बस देश तक पहुँच जाएँ, फिर काल का सामना करना मुश्किल न होगा।

जब एक अधबनी कविता कहीं नहीं 'में' होती है, यानी अपने देश और काल से दूर कहीं और—तब वह कहाँ होती है?

सम्भव है, वह अपनी सभ्यता के अतल में होती हो, अपनी भाषा की समस्त 'लिखित' कविताओं के उपान्त में।

वयस्कों की दुनिया से ओझल एक अपूर्ण, अविकसित भ्रूण। एक उँगली कम या ज़्यादा हुई नहीं, कि सारा अस्तित्व सन्देहास्पद हो सकता है। जाति बदल सकती है।

जैसे मकड़ी मकड़ी न रहेगी, कुछ और हो जाएगी। एक चींटी, मक्खी या तितली।

क्या कविता एक मकड़ी है—कभी लय का और कभी शब्द का तार पिरोती? कभी अर्थ का झूला झूलती और कभी अपने ही अर्थ से कहीं दूर, आगे, निकल जाना चाहती हुई?

याकि कविता एक सीपी है, भाषा के सागर में डूबती-उतराती, जिसे ऊपर आने की चाह है?

हर काल अपने शब्दों से गोता लगवाता है, लगभग उनकी गर्दन पकड़कर। झूठे मोती डूब जाते हैं, सच्चे तैर आते हैं।

लेकिन क्या कविता सच और झूठ के बारे में है? उसे होना चाहिए।

शायद नहीं।

सच और झूठ ज्ञान का क्षेत्र है, प्रमाण का क्षेत्र है, बुद्धि का क्षेत्र है। कविता केवल सच के बारे में है—एक सच और दूसरे सच के बारे में।

यह मर्म का क्षेत्र है, जहाँ एक का होना दूसरे को रद्द नहीं करता। यह इतनी बड़ी सृष्टि में अपने होने को देखना है। इस 'होने' में कितना भय है, कितना संत्रास—इसके बारे में है।

कविता एकान्त रचती है, और इस एकान्त का एक समुदाय।

वह स्वयं भले ही समाज के हाशिए पर रही आई हो, परन्तु मनुष्य हमेशा उसकी चिन्ता के केन्द्र में रहा है।

कविता समाज को मनुष्यों का झुंड नहीं, स्वतंत्र व्यक्तियों की इकाई मानती है।

यह मात्र संयोग नहीं कि सृष्टि के उस आदिम एकान्त का सामना करने के लिए पहले-पहल जो भाव बना, कविता बनी।

वह कविता देवताओं का आह्वान करती थी।

ऋग्वेद में एक बहुत ही मार्मिक सूत्र है—'वरुण सूक्त' में।

प्यास मुझे घेर लाई है
खड़े पानियों के बीच
हे वरुण, दया करो, दया करो

(वरुण, 7.89)

जल और प्यास।

एक समय में दो अलग जगहों पर एक साथ अवस्थित हो सकना।

कविता इसे सम्भव करती है। वह हमारे 'होने' में 'होने की छाया' जोड़ देती है। जैसे काया के साथ थोड़ी-सी नींद, थोड़ा-सा स्वप्न।

कविता सबसे पहले एक नींद बुनती है, फिर उस नींद में से भी उठकर दूसरी तरफ़ चली जाती है।

इस तरह अपनी नींद तोड़े बिना ही कविता यथार्थ का विध्वंस करती है।

ऋग्वेद से लेकर महाभारत में कुन्ती के गुप्त-मंत्र प्रयोग करने तक हमारे यहाँ शब्द ही देवता है। नाद ही देवता है।

सही उच्चारण करते ही देव प्रकट हो जाते हैं।

लेकिन जो बात चकित करती है, वह यह कि मध्ययुग तक आते-आते हमारे कुछ कवियों के स्थूल शरीर ही लुप्त होने लगते हैं!

अक्का महादेवी, मीरा, कबीर, गुरुनानक, तुकाराम। एक के बाद एक कवियों के सदेह ग़ायब होने के उदाहरण मिलते हैं और ये घटनाएँ एक समुदाय विशेष में नहीं घटतीं। न भूगोल के एक हिस्से में। न एक समय में ही।

ये सब कवि अपना-अपना जीवन जीते हुए—जिसमें बहुत कष्ट थे, साधना थी, परीक्षा थी—अन्तत: उस जगह आते हैं जहाँ शरीर मिट्टी हो जाता है। लेकिन इनमें से कुछ अपने पीछे फूल छोड़ जाते हैं, कुछ वह भी नहीं।

एक कवि का सदेह इस संसार से चले जाना—युधिष्ठिर के धर्म की तरह नहीं—क्योंकि बहुधा एक कवि का सत्य और संताप एक-दूसरे से कुछ इस तरह लिथड़ा हुआ होता है कि एक को दूसरे से अलग कर पाना कठिन है।

एक कवि का सदेह इस संसार से चले जाना।

यह एक सुन्दर बिम्ब है।

लेकिन क्या यह बिम्ब से आगे भी कुछ है?

शायद शब्द-सिद्धि का ही कोई औंधा उदाहरण?

पहले कवि के शब्द से देवता खिंचे आते थे, अब शब्द ही कवि को खींचकर ले जाने लगा!

हम घूम-फिरकर यहीं आ जाते हैं। बीसवीं शताब्दी की आख़िरी घड़ियों में।

कविता के इतिहास की सबसे पीड़ित सदी में।

क्या हम इस सदी की दुर्घटनाओं से मुँह मोड़कर इक्कीसवीं सदी का सामना कर सकते हैं?

क्या इस सिंहद्वार की बजाय कोई दूसरा द्वार है जिससे दूसरी तरफ़ जा सकें?

क्या इस सदी के समस्त पीड़ा-प्रदेशों को याद रखने के अतिरिक्त कोई उपाय है?

कि इससे हम कम-से-कम उन कष्टों, उन यंत्रणाओं से बच सकें, जिन्हें हमने बीसवीं सदी के कुछ अभागे क्षणों में पहचानना सीखा।

यह सदी, जिसने कविता के लिए अभूतपूर्व यातना-गृह बनाए, जैसे उसके लिए अपनी स्वयं की बनाई हुई कठिनाइयाँ कोई कम हों।

यह सदी, जहाँ कविता को बार-बार अपने को सिद्ध करना पड़ा। राजनीतिक उथल-पुथल, दो-दो विश्वयुद्धों के नरसंहार, जिनके बाद एकबारगी लगा था कि कम-से-कम उस भाषा में (जर्मन) तो अब कविता नहीं ही लिखी जा सकेगी, जो इस विभीषिका के भौगोलिक केन्द्र में थी।

एक कवि का जीवन कितना छोटा होता है और एक विचारधारा का आतंक कितना लम्बा!

आज हम रूस के ऑसिप मांदेलश्ताम, मारीना स्वेताएवा, मायकोवस्की, अन्ना अख्मातोवा, स्पेन के फ़ेदरिको लोर्का, पोलैंड के ज़्बीग्निएव हर्बर्त और अपने समय के पाश की कठिनाइयाँ याद करें तो स्वयं को ठगा गया पाएँगे।

इतने ऐसे विलक्षण और स्वाभिमानी कवियों को अपने समय की सत्ता के कारण क्या-क्या नहीं देखना पड़ा? इनमें से कुछ बन्दीगृहों में मरे, कुछ ने आत्महत्या की, कुछ की लावारिस लाशें मिलीं।

क्षोभजनक तथ्य यह कि ये उस तरह के प्रतिबद्ध राजनीतिक कवि नहीं थे, जैसे हम आज देखने के अभ्यस्त हैं। इनके समय की आग इनके घर तक आ गई थी और ये बच नहीं पाए।

श्रीकान्त जी के शब्दों से उधार लेकर कहूँ कि—अगर बचते, तो क्या रच सकते थे!

आख़िर कविता सभ्यता के विकास में क्या योगदान देती है?

क्या वह थोड़ी-सी चिनगारी राख के नीचे दबा रख छोड़ती है कि मुश्किल वक़्त में आग चाहिए हो, रोशनी चाहिए हो, तो यह सम्भव हो सके?

जब कोई नहीं देखता, कविता स्वप्न देखती है, कि मनुष्यों के लिए स्वप्न देखते रहना सम्भव बना रहे।

आश्चर्य यह कि एक कवि को अपने संसार के लिए इतनी कम ज़मीन, इतना ज़रा-सा आकाश चाहिए होता है, और फिर भी वह ख़तरे में पड़ जाता है।

क्या सचमुच स्वप्न देखता हुआ कवि संसार का सबसे ख़तरनाक प्राणी है?

कोई भी सत्ता कवि से नहीं, उसके स्वप्न देखने से डरती है—कि उसका अपना कारोबार स्वप्न बेचने से ही चलता है।

कितना अच्छा है, जब एक कवि स्वप्न देखता है तो अक्सर वह इतना एकाकी और संशयग्रस्त होता है कि उसे मालूम ही नहीं होता, वह शेष मानवता के लिए भी कोई स्वप्न देख रहा है।

हमारे समय के हरिभजन सिंह हों या श्रीकान्त वर्मा, मुक्तिबोध हों या धूमिल—ये सब कभी डूबते नज़र आते हैं, कभी तैरते।

इस तरह वे अनजाने में हमारे दर्पण साफ़ करते जाते हैं। कुछ ऐसे कि हमें अपनी छलनाएँ, प्रवंचनाएँ, कुछ ज़िद्दी-से स्वप्न पहले से अधिक चमकदार नज़र आते हैं।

हम कविता में अकेले हो सकने की विधि को पढ़ते हैं—और इस अकेलेपन को सह जाने की विधि भी।

लेकिन क्या हम अकेले हैं?

यदि हैं, तो किस तरह से?

हमारे आसपास इतना शोर है, तकनीकी तिलिस्म हैं, सफलता की लुभावनी सीढ़ियाँ हैं; इक्कीसवीं शताब्दी तक पहुँचते-पहुँचते चिन्ता यह है कि कहीं हम इतने अकेले न हो जाएँ कि भीड़ में ही स्वयं को सुरक्षित समझने लगें!

टॉल्स्टॉय कहा करते थे, *निर्वासन तुम्हें सही जीवन जीने से नहीं रोकता। मनुष्य स्वयं को असली निर्वासित तब करता है, जब वह सही जीवन नहीं जीता।*

विडम्बना यह है, हम कविता के पास तभी जाते हैं, जब कहीं और नहीं जा पाते। एक तरह से यह बात हमारे ईश्वर के पास जाने के क्षण पर भी लागू होती है।

हर कविता आत्म-निर्वासन से आरम्भ होती है और धीरे-धीरे अपना पुनर्वास साधती है।

बड़ा कवि वह है, जो अपने निर्वासन को कभी भूलता नहीं।

लेकिन एक दूसरा ख़तरा भी है।

न केवल आज कविता में शोर बहुत है, बल्कि लगभग हर कवि को कविता शुरू करने से पहले ही अपना और उस अनलिखी कविता का रास्ता पता है। दोस्त-दुश्मन सब सफ़ेद-स्याह हैं।

कविता अब अपना रास्ता भूलती नहीं। न उसके कोई बीहड़ रास्ते हैं, न उन पर चलने के जोखिम। न उसे कोई अंगुलिमाल डाकू मिलता है, न कोई महात्मा। जंगल तो अब वैसे ही लुप्तप्राय: हैं।

आज कविता अपना सत्य यूँ प्रस्तुत करती है, जैसे उसने 'पा' लिया है।

लेकिन क्या किसी महान से महान कविता का सत्य भी ठोस और अपरिवर्तनशील हो सकता है?

कविता का सच भंगुर है, उसे भंगुर ही होना चाहिए। प्रेम की तरह, जीवन के हर्ष-शोक की तरह, बच्चे के हाथ में खिलौने की तरह।

मेरी चिन्ता यह है, जो कविता 'पा' लेने का दम्भ करती है, वह ज़रूर खोने से डरती है।

जो खोने से डरती है, वह कविता कहीं पहुँचेगी कैसे?

इक्कीसवीं सदी। क्या हम इक्कीसवीं सदी में पहुँचने से डरते हैं?

हम जो एक रात के बाद दूसरी सुबह जागने के अभ्यस्त हैं, हम जो इस सदी से एक रात जितनी दूरी पर हैं।

हमारे लिए इस सदी में प्रवेश करने का क्या अर्थ होगा?

कविता की चिन्ता एक कहानी सुनाकर ख़त्म करती हूँ। टॉमस मान की एक कहानी है—'मोहभंग'। उसके मुख्य पात्र के साथ जब भी कुछ बुरा होता है, वह स्वयं से कहता है, *अच्छा, तो ऐसा होता है यह*। बचपन में उसके घर में आग लग जाती है, भगदड़ मची है, औरों की तरह उसे भी दूसरी मंज़िल से नीचे कूदना है। लपटों से घिरा इधर से उधर दौड़ता वह एक विचित्र उत्तेजना में अपने से कहता है, *अच्छा, तो ऐसा होता है घर का आग से जल जाना!*

बरसों बाद वह पहली बार प्रेम करता है और जैसा कि अक्सर होता है, वह लड़की उसे दुत्कार देती है। न केवल उसे दुत्कार देती है, बल्कि उसके सबसे अच्छे मित्र के साथ चली जाती है। उस रात उसे अपने हृदय में एक अबूझ-सी पीड़ा का ज्वार उठता महसूस होता है। वह बाहर निकल आता है, तारों की छाँह में। स्वयं से कहता है—*अच्छा, तो ऐसा होता है प्रेम में दुत्कारा जाना!*

उसका जीवन अनेक दुःखद स्मृतियों का पुंज है। कहानी जब शुरू होती है, यह पात्र बूढ़ा हो चुका है। वह किसी भी बात से चकित न हो पाने की अपनी असमर्थता से इतना निराश है कि अब मर जाना चाहता है।

लेकिन मरने से पहले वह अपनी गाथा किसी को सुनाना चाहता है। कहानी के अन्त में वह इस निपट अजनबी से, जिसे वह अपनी आपबीती सुना रहा है, कहता है, *मैं किसी चट्टान से कूदकर मर जाना चाहता हूँ, लेकिन मुझे डर यह है, कि मरते हुए भी मैं यही सोच रहा होऊँगा—अच्छा, तो ऐसा होता है चट्टान से गिरकर मर जाना!*

मुझे डर है, एक सुबह हम सब बहुत ही अनाटकीय ढंग से इक्कीसवीं सदी में आँखें खोलेंगे, और लगभग इस पात्र की तरह कहेंगे—

अच्छा, तो ऐसी होती है इक्कीसवीं सदी! बस?

(भारतीय दूतावास, नेपाल द्वारा आयोजित विचार-गोष्ठी 'इक्कीसवीं सदी में कविता' में पढ़ा गया वक्तव्य, मार्च, 1999)

कुछ गद्य, कुछ कविता के बहाने

मैं एक पत्थर तक पहुँच जाना चाहती हूँ। एक चट्टान तक। समय रहते। इससे पहले कि मेरे पैरों के नीचे से रेत या जल, जो भी है, धसक जाए।

मैं जहाँ हूँ, वहाँ एक छोर है। उसके आगे कुछ भी हो सकता है। नहीं भी हो सकता।

मैं डरती हूँ। नीचे झाँकने से। मुझे मालूम है, वहाँ एक अतल कुआँ है, जल है, मेरी छाया है। मुझे मालूम है, मेरे डूबने के बाद भी वहाँ सतह पर मेरी छाया तिरती रहेगी।

मैं बचना चाहती हूँ। हो सके, तो एक पत्थर तक पहुँचना। न सही पत्थर, कंकर सही, तिनका सही।

मैं समय रहते एक तिनका चाहती हूँ। एक बिम्ब। एक शब्द। एक ध्वनि। बिना धुन की एक गुनगुनाहट। जैसे भँवरे का गुंजन, मक्खी की भिन-भिन। मैं एक वाक्य-विन्यास में उतरना चाहती हूँ। बिना और देरी किए।

कवि क्या एक पंख वाली चिड़िया है? बहुत पहले उसका दूसरा पंख उतरवा लिया गया था। अब उसे हर काल में इस एक पंख के सहारे ही दूसरे किनारे तक पहुँचकर दिखाना है। अपने एक पंख में ही सब समेटकर लौटना है। जो भी उसे मिले। आग या अलाव।

कवि का काम है, समय के अन्त तक उड़ते चले जाना। पंख के जल जाने के बाद भी। और उसके बाद—समय के अन्त के बाद—अपनी राख में से फिर एक पंख उगाकर बैठ जाना। हमारे प्राचीन कवि, जो हमें इतिहास में दूर-दूर तक बैठे या खड़े दिखाई पड़ते हैं, इसका प्रमाण हैं।

यह संसार केवल दो वस्तुओं से बना है। कवियों के लाए अलाव से। और कवियों के जले पंखों से।

कवि का, कविता का, शायद मनुष्य के जीवन का भी—आदर्श केवल छन्द हो सकता है। बार-बार जहाज़ पर लौटता अकेला पक्षी। भवसागर से घबराया हुआ। अपने छोटे-मोटे आविष्कार को, विस्मय को बार-बार दोहराता हुआ।

लेकिन कविता का आदर्श छन्द ही क्यों?

क्योंकि कविता न कथन के बारे में है, न सत्य के बारे में। वह केवल एक ही विषय में हो सकती है। (विष+य—कि हमारा इस संसार में होना विष से सना है? कि जीना विष पीना है? क्या इसी से पाँच इन्द्रियाँ विषय मानी गई हैं, जिनसे बच रहना ही श्रेयस्कर है?)

इस पृथ्वी पर अपने होने का विस्मय। हमारे अनुभव में विस्मय का क्षण ही स्वयं को बार-बार दोहराता है।

अच्छा तो, यह हमारे साथ हो सकता था? इसे हम सह जा सकते थे? इसे हमने सह लिया? सह लिया? वहाँ से हम लौट आए? लौट आए?

केवल छन्द अपने दोहराव में, लय की आवृत्ति में इस कहीं जाने को, कहीं से लौटने को बख़ूबी कह सकता है।

कविता अपने इस होने के कारण-कारक में, जो चाहे समेट सकती है। इतिहास की दुर्घटनाएँ, व्यक्तिगत अपमान, प्रताड़नाएँ, स्वप्न।

वह कहीं भी आ-जा सकती है, जब तक कि वह अपने पैर कीचड़ से सनने न दे।

जब तक उसे याद रहे कि यह देह, यह देश, यह समय—बस एक पड़ाव है। कि मूलत: और अन्तत: वह कहीं और जाने के लिए निकली है।

कविता पाठकों के पढ़ने के लिए है, लेकिन वह उन्हें सम्बोधित नहीं। वह आत्म-कथन है, लेकिन नितान्त निजी भी नहीं। कविता एक अन्धे जीव का एकान्त है, जिसे उसके अतिरिक्त सब देखते हैं।

अपनी आदर्श अवस्था में कविता मंत्रों की तरह सघन है, परन्तु कुछ बीज-ध्वनियों का पुंज-मात्र नहीं। छन्द उसे आकार तो देता है, उसका बन्धन नहीं बनता। कोई ज़रूरी नहीं कि वह छन्द मिलाने के लिए कोई जुड़वाँ शब्द ला ही दे। बल्कि बहुधा वह जब किसी अप्रत्याशित शब्द को तोड़-मरोड़ कर वहाँ बैठा देती है, तब अतिरिक्त आकर्षक लगती है।

गद्य उसका विश्राम-स्थल बनता है, भाषा में उसके लिए वहाँ द्वारा खोलता हुआ, जहाँ एक दीवार थी।

छन्द और छन्दबद्ध कविता तभी सुन्दर हो सकते हैं, जब वे लय से कहीं आगे निकल जाएँ। लय की मुँडेर से उचककर कोई नया अर्थ पकड़ लाएँ। एक परिचित से शब्द को नये सिरे से आविष्कृत कर दें।

कविता में यह मुँडेर बहुत ज़रूरी है। और इससे आगे जाने की उचक।

और उचकते समय यह स्मृति—कि यहीं कहीं नीचे वे तीन खाइयाँ हैं, जो कभी भी अपनी ओर खींच सकती हैं। गद्यात्मकता का प्रलोभन, मंत्रों की-सी दुरूहता और धुन का बन्धन।

कह सकते हैं कि कविता भाषा के तिनकों से बनी अनकहनी की टोकरी है।

यह भी कह सकते हैं किं कविता अनकही के तिनकों से बनी भाषा की टोकरी है।

विरोधाभासी लगते हुए भी उपर्युक्त दोनों बातें एक साथ, एक ही समय में सत्य हो सकती हैं।

समस्त कलाओं में केवल कविता ही है, जिसका अपने शाब्दिक और तात्त्विक अर्थ से बहुत नाज़ुक, गहन सम्बन्ध है। शुरू की दो या तीन पंक्तियों में ही उसे अपनी परीक्षा देनी है। इतने में ही उसका खोट, उसका खरापन पकड़ा जाएगा।

उसके पास न अमूर्तन की छूट है, न बयानबाज़ी की।

एक बुरी कथा के फैलाव की माफ़ी भी उसके लिए नहीं है।

सिर्फ़ तीन पंक्तियों में उसे सब निचोड़ देना है—अपना मर्म, उत्कंठा, चिन्ता।

इन्हीं तीन पंक्तियों में उसे अपने अनकहे को बचाना है। जो भी यहाँ कह दिया, यह बाद में अनकहा नहीं हो पाएगा।

सिर्फ़ तीन पंक्तियों में उसे भाषा की टँगी रस्सी पर चलना है, यह याद रखते हुए, कि यहीं कहीं नीचे वे तीन खाइयाँ हैं।

और बीच हवा में उसे यों चलना है, जैसे वह संसार में रास्ता भूल गई हो! *सिर्फ़ तीन पंक्तियों में।*

हर अच्छी कविता अपने रहस्य को बचा रखने के लिए यत्नशील होती है। वह अपने मर्म को कहते हुए छिपाती है।

वह हमसे खेल करती है। जब हम उसकी लय में उसका रहस्य जान रहे होते हैं, वह किसी बिम्ब में जा बैठती है? और जब बिम्ब तक पहुँचते हैं, वह कहती है, *मैं यह भी नहीं हूँ!*

वह हमसे कुछ कहती तो है, लेकिन ऐसा नहीं, जो तुरन्त पकड़ में आ जाए। जो तुरन्त बताया जा सके।

वह किसी अनजान भाषा में हमारे लिए सन्देश छोड़ती जाती है, जिसे हम धीरे-धीरे हर पाठ में खोलते हैं। कई बार तो जैसे हम अपने पूर्वजों का अधूरा काम ही पूरा कर रहे होते हैं। जितना हम एक कविता को पढ़ लेते हैं, उतना ही वह और अबूझ हो जाती है। बोर्ख़ेस की 'रेत की किताब'।

हम पाएँगे कि प्राचीनकाल से अब तक पढ़ी जाती कविताएँ—हमारे हिस्से आए पूर्वजों के अधूरे काम ही हैं, जो एक दिन हम भी अधूरे छोड़ जाएँगे!

कविता में गद्य का आगमन।

यह बीसवीं शताब्दी की घटनाओं का सहज प्रतिफलन है।

मनुष्य जिस भयावह समय में से गुज़रा, उसके मानस पर चोट का निशान।

बाहरी संत्रास ने कविता की आन्तरिकता का, मनुष्य के एकान्त का जो अतिक्रमण किया, उसका दस्तावेज़।

यह केवल संयोग नहीं कि जिस शताब्दी ने कुछ अभूतपूर्व गद्य-कविताओं को जन्म दिया, उसी में मनुष्य-इतिहास के कुछ अविस्मरणीय गीतों ने अभिव्यक्ति पाई। हम जब भी साँ जाँ पर्स, रेने शार, जॉर्ज त्राक्ल या ज़्बीग्निएव हर्बर्त की गद्य-कविताएँ याद करेंगे, तो कभी लोर्का, राफ़ाएल अलबर्ती, रवीन्द्रनाथ ठाकुर या हरिभजन सिंह के गीतों को भुला नहीं पाएँगे।

जो मनुष्य बीसवीं शताब्दी के अँधेरे में रास्ता भूला था, वह इन कवियों की बिखरी पंक्तियों को पकड़कर ही लौटेगा।

कवियों द्वारा बिखेरी ये गीत-पंक्तियाँ (आदिवासियों की सांग-लाइन्स सरीखी) ही हमें घर का रास्ता दिखाएँगी।

फिर भी—कविता में गद्य का इस प्रकार आना, एक प्रकार का अस्थायी प्रक्षेपण ही कहा जाएगा। एक ऐसा प्रस्थान-बिन्दु, जिसने काव्य-विधा को मुक्त-छन्द के लचकीले बन्ध से निकलकर फिर से छन्द की आदर्श व्यवस्था में लौटने के लिए उत्प्रेरित किया है।

प्राय: कविता में गद्य उसके पंजे में बँधा पत्थर है।

कविता की उड़ान को अवरुद्ध करके अपने—गद्य के—उड़ने का स्वप्न देखता हुआ!

कुछ ऐसा लगता है, कि कहीं सुन्दर-से-सुन्दर गद्य भी कविता की वंचना भर तो नहीं? और अच्छी-से-अच्छी गद्य-कविता केवल एक सुन्दर विरोधाभास?

हम कह सकते हैं कि कविता में गद्य का चुनाव कर स्वयं कवियों ने न केवल अपनी राह में बल्कि अपने गले में रोड़े अटकाए हैं।

उन्होंने सम्भवत: यह अपेक्षा की थी कि लय और छन्द के बन्धन से मुक्ति पाएँगे, परन्तु अपनी नीयत के खरेपन की ऐसी विकट परीक्षा उन्हें देनी होगी, इसका शायद अनुमान न था।

हर गद्य-कविता एक थके हुए कवि का चिह्न है।

कवि की थकान का मील-पत्थर।

लय के कंठ में अटका हुआ गोला, जिसके निगले जाने की प्रतीक्षा नहीं की गई।

छन्द में मुखर हो सकनेवाले एक अकथनीय अनुभव और भाषा के संश्लिष्ट ताने-बाने की बजाय वहाँ केवल गद्य-कविता की बुनी रस्सी लटकती हुई मिलती है।

अधिकतर सच्ची कविताएँ हम अपने जीने-मरने के क्षणों में ओढ़-बिछा सकते हैं। लेकिन गद्य-कविताएँ?

वे हमें उन आत्महत्याओं की याद दिलाती हैं, जो हम नहीं कर पाए। या जिनमें हम असफल बच गए।

गद्य-कविताएँ अक्सर एक रचना के वे पीड़ा-स्थल हैं, जो अपने असहनीय क्षणों में लिथड़े हुए ही संसार में आ पहुँचे हैं।

सीज़ेरियन सन्तानें।

वे ऐसे वाक्य-विन्यास हैं, जो अपना रास्ता भूल गए हैं।

वहाँ कुछ बिम्ब थे—जिन्हें कलम से निकलते समय तो मालूम था कि किधर से जाना है, लेकिन कथन के पहले चौराहे पर पहुँचकर ही जो सकपका गए हैं।

अब यहाँ से वे एक कथा, लघु-कथा में जाएँ याकि किसी असमंजस में?

एक कवि के पीड़ा-स्थल से एक टेक्स्ट के असमंजस-स्थल तक—क्या एक गद्य-कविता की इतनी ही यात्रा है?

मानवीय स्थिति और कवि का विस्मय?

गद्य-कविता में विस्मय स्वयं को लगभग औंधा करके बुनता है। विस्मय के क्षण से टूटकर। स्मृति-दंश या प्रलाप के बिन्दु पर पहुँचकर।

यदि भाषा मानसिक संवेग से निर्धारित है, तो हर अच्छी गद्य-कविता हमें भाषा के इस रहस्य के प्रति चकित करती है। क्या एक परिचित वाक्य-विन्यास में यह सब कथन सम्भव था?

यदि एक गद्य-कविता हमें अपनी भाषा से चकित नहीं करती, तो वह कथा है, लघु-कथा।

किसी भी गद्य-कविता की एक ही कसौटी हो सकती है।

क्या वह किसी अन्य प्रकार से नहीं कही जा सकती थी?

एक कवि के पास छन्द या मुक्त-छन्द चुनने की स्वतंत्रता भले ही हो, गद्य चुनने की नहीं है।

गद्य के विन्यास में उतरने के पर्याप्त अनिवार्य कारण उसके पास होने चाहिए। सजग और अवचेतन—दोनों। अक्सर तो उत्कृष्ट गद्य-कविताएँ अपनी रचनात्मक बुनावट में ये अपरिहार्य कारण लक्षित करवाती चलती हैं।

वह उसके घुटनों से गिरा, जैसे ऊन का गोला।

वह जल्दी में खुलता गया और अन्धाधुन्ध भागता गया। वह पकड़े रही जीवन का प्रारम्भ। वह लपेटने लगी उसे उँगली पर अँगूठी हो जैसे। वह उसे बचाना चाहती थी। वह लुढ़क रहा था सीधी ढलान पर। कभी-कभार ऊपर उठ आता। वह लौटता उलझा हुआ और मौन। वह कभी नहीं लौटेगा उसके घुटनों के सुन्दर सिंहासन तक।

अँधेरे में फैले हाथ चमक रहे हैं
किसी पुराने शहर की तरह।

('माँ'—ज़्बीग्निएव हर्बर्त)

क्या उपर्युक्त कविता किसी अन्य प्रकार से भी कही जा सकती थी?

शायद नहीं।

इसके विन्यास पर ज़रा ध्यान दीजिए। लगभग एक डेलीरियम, एक ज्वरग्रस्त प्रलाप से यह शुरू होती है।

यहाँ सब-की-सब सरल क्रियाएँ हैं। दैनिक विवरण। गद्य के थपेड़े में चलती स्मृति काफ़ी दूर तक एक सीधी रेखा में चले जा रही है।

'वह लपेटने लगी उसे उँगली पर', 'उसे बचाना चाहती थी', 'वह लुढ़क रहा था', 'ऊपर उठ आता', 'वह कभी नहीं लौटेगा'—आदि।

कि अचानक भाषा उछाल खाती है और गद्य-कविता बन जाता है—*अँधेरे में फैले हाथ चमक रहे हैं। किसी पुराने शहर की तरह।*

गद्य-भाषा का चुनाव करने के बावजूद यहाँ कविता अपने कथन को किसी कथानक में सुलझाती नहीं, रिज़ॉल्व नहीं करती। उसमें मानवीय स्थिति की गाँठ, गुंठल वैसी बनी रहती है।

सिर्फ़ कुछ पंक्तियों में सब निचोड़ देना। मर्म, उत्कंठा, चिन्ता।

सिर्फ़ कुछ पंक्तियों में उसे बचा लेना, जो अनन्त समय तक अनकहा रहेगा। शूल की तरह कसकता हुआ। मानवीय नियति का स्थिर चित्र।

पीड़ा के असमंजस-स्थल—क्या यही एक गद्य-कविता है?

('बहुवचन', अंक-3)

ऋषिका महादेवी

यह केवल संयोग नहीं कि आज जब मुझसे यहाँ महादेवी जी पर बोलने के लिए कहा गया है, उनके अपने शहर इलाहाबाद में, तो मैं न केवल उनकी कर्म-भूमि पर खड़ी हूँ, बल्कि चाँद-सितारों के उस भारतीय समय विशेष में भी, जब वर्ष में एक बार आकाश से हमारे पूर्वज उतरकर आते हैं, हमें देखने के लिए।

मैं इस समय चाहकर भी इस तथ्य को अलक्षित नहीं कर सकती कि वह हमारी पूर्वजा थीं, कि उसके पीछे वह अपनी मानस सन्तानों की एक भरी-पूरी बिरादरी छोड़ गई हैं, कि देवी सरस्वती के नाते एक आन्तरिक नाता मैं भी उनके साथ जोड़कर बैठी हूँ।

हो सकता है, एक स्त्री के बारे में बात शुरू करने का यह ढंग ठेठ औरताना हो, पाँव रखने से पहले अपनी रेखा खींच लेना—कि देखिए, मैं यहाँ हूँ, इस घेरे के भीतर।

यहाँ आपका कोई प्रवेश नहीं। आप चाहें तो मेरे साथ जगह बदल सकते हैं, आप इस घेरे के भीतर हैं और मैं इसके बाहर जा सकती हूँ, दूसरी तरफ़, लेकिन तब भी आपके-मेरे बीच यह रेखा रहनेवाली है।

सच तो यह है कि महादेवी ने अपने जीवन काल में, अपनी रचना यात्रा में, एक स्त्री की सामाजिक स्थिति के भले कितने ही छिलके उतारे हों, बदला आज भी कुछ नहीं है। बल्कि अपनी अनेक रूढ़ियों में, अपेक्षाओं और मान्यताओं में,

हम और भी पीछे जाते गए हैं, खुलने की बजाय हमारी खिड़कियाँ बन्द ही हुई हैं। बन्द और जाम।

इधर के दशकों में भारतीय स्त्रियों की आर्थिक-सामाजिक स्थिति भले कुछ बेहतर हुई हो, उनके तनाव, उन्हें तरह-तरह से डराते भय वैसे ही बने हुए हैं। न केवल आज स्त्री के आत्मबिम्ब दरिद्र हैं, कई बार तो ऐसा मालूम होता है, उसके पास हमारी सभ्यता, संस्कृति, सामूहिक स्मृति की छोटी-मोटी पूँजी भी नहीं बची, जो कम-से-कम कुछ दशक पहले तक उसकी माँ-नानी के पास थी। यदि ऐसा न होता तो ऐसे विचित्र और हास्यास्पद आत्मबिम्ब एक गहरी संस्कार भूमि पर इतना आकर्षक होकर कैसे ठहर सकते थे?

प्रसाधन एक स्त्री का अपमान है। इसके बाद पुरुष यदि उसकी ओर देखे, तो भी और न देखे, तो भी।

महादेवी कई दशक पूर्व यह कह गई थीं।

आज सब कुछ अनन्त समय के लिए सुन्दर, आकर्षक, जेब की पहुँच में और सुख देने का वादा करते हुए बिक रहा है। बाज़ार का, समाज का हर चमकदार वादा स्त्री के लिए एक दुधारी तलवार है।

आदर्श माँ, आदर्श पत्नी, आदर्श कामकाजी, समर्थ, सम्पन्न, सुन्दर, तत्पर, अश्रान्त, अक्लान्त।

इतने बड़े दावे तो इस सभ्यता ने तब भी नहीं किये थे, जब वह अपनी पराकाष्ठा पर थी! महादेवी के समय में भी कम-से-कम एक सच्ची दीनता तो वहाँ थी!

आज हमारे समस्त आत्म-बिम्ब किसी ऊसर भूमि में उसे ऐसे जान पड़ते हैं, मानो वहाँ पृथ्वी की तह में आधुनिकता की रेत के सिवाय कभी कुछ था ही नहीं।

संयोगवश यदि यह समय अपने खोये-पाये के गणित को ठीक करने का और मातृ-पितृ कृतज्ञता स्वीकरण का समय न होता, और इस वार्ता के केन्द्र में महादेवी जैसे जीवट वाली रचनाकार न होतीं, तो सम्भवत: यह बात इस तरह शुरू ही न होती।

हममें से अधिकांश लोगों के लिए महादेवी कभी भी *केवल एक लेखिका* नहीं रहीं, जिनकी पुस्तकों का पाठ कर लेने के बाद उन्हें एक ओर रखा जा सके। एक लिंग-भेद रहित लेखक, जैसा कि आजकल कहलाने का चलन हो गया है, ऐसी लेखक तो वह कभी भी नहीं थीं। हमारे जाने-अनजाने वह हमारे संस्कारों की मिट्टी में चली गई हैं—एक आश्चर्यजनक रूप से—हम जो उनके समय में थे और जो उनके बाद हुए, उन सबकी स्मृति में।

उनके जैसी गहन-गम्भीर मानसी ने इसे सम्भव कर दिखाया तो कैसे?

सच यह है, महादेवी अपने जीवन में जो भी थीं, उससे हमेशा 'कुछ' ज़्यादा रहीं—एक कवयित्री से थोड़ी ज़्यादा, एक विदुषी से थोड़ी ज़्यादा, एक प्राध्यापिका से थोड़ी ज़्यादा।

और एक स्त्री से हर स्थिति में कहीं ज़्यादा एक स्त्री।

महादेवी का हर बात में 'ज़रा सा ज़्यादा' होना ही उन्हें बीसवीं सदी की एक आकर्षक उपस्थिति बनाता है।

यह ज़रा सा ज़्यादा होना, किसी व्यक्ति का, क्या है?

इस 'ज़रा सा ज़्यादा' होने में ही एक व्यक्ति का सारा परम्परा-बोध बदल जाता है!

पर परम्परा, जो पैरों का रास्ता रोकती थी, अब उसके बन्धन खोल देती है।

परम्परा, जो अभी तक आत्म-शंकित करती थी, अब आत्म-विस्मित करती है। जैसे अँधेरे में कुछ देर खड़े रहें तो अँधेरे कोने उजले दिखाई देने लगें, और उजले कोनों के मकड़जाल चमकने लगें।

इससे पहले एक स्त्री उत्तर ढूँढ़ती-ढूँढ़ती इस अँधेरी जगह पर कब गई थी?

आज शायद हममें से कई के लिए यह विश्वास करना भी कठिन होगा, कि बिना कोई बहुत बड़ा क्रान्तिकारी क़दम उठाए, बिना कोई लोक-अपवाद बने, महादेवी अपने लिए अक्षुण्ण अस्मिता अर्जित कर सकीं।

हम सब जानते हैं, अपने समय की वह कोई 'फ़ायर ब्रांड फ़ेमिनिस्ट' नहीं थीं। उनकी अस्मिता की पहचान एक ओर अपने गहरे परम्परा-बोध से जुड़ी थी, दूसरी ओर अपने आर्थिक स्वावलम्बन से।

सम्भवत: उनके जीवन का एकमात्र क्रान्तिकारी निर्णय उनका किसी भी तरह के पारिवारिक ढाँचे से बाहर आ जाना था।

इस दुर्घटना, इस व्यक्तिगत दुर्योग, पर उनकी लेखनी चुप है। जैसे यह इतनी छोटी बात हो, कि इसका उल्लेख करने की भी आवश्यकता नहीं।

वह अपने समय में नौ वर्ष की बालिका वधू तो बनीं, परन्तु गृहस्थिन कभी नहीं। न ससुराल, न मायका, उनका स्थायी सम्बल बनता है उनका अपना स्वाध्याय और एक रूढ़िगत समाज के कार्य-व्यापार की अन्तरंग पहचान।

आज कह सकते हैं, कि यदि गांधीजी ने अपने जीवन में सत्य के साथ प्रयोग किये थे, तो महादेवी ने भी अपनी स्वतंत्र मेधा के साथ प्रयोग किये थे। यह विचित्र है, और रोचक, कि वही परम्परा, वही ज्ञान, और प्राय: वही अवसर, एक युग के सब व्यक्तियों के लिए उपलब्ध होता है, लेकिन कोई बिरला ही उस रेत में स्वर्ण के कण खोज पाता है।

महादेवी का आत्मविश्वास उनकी स्वयं की पहचान में से आया था। कुछ ऐसे कि अपने प्रतिबिम्ब का साक्षात्कार करने के लिए उन्होंने स्वयं पर से दृष्टि हटा ली हो। दर्पण के सामने से हटकर वह तीसरी तरफ़ चल गई हों।

इस तीसरी जगह पर न वह स्त्री थीं, न कवयित्री, न सामाजिक प्राणी।

वह यहाँ किसी नवजात प्राणी की तरह थीं, जिसकी त्वचा पर से झिल्ली उतर गई हो, और त्वचा अभी गीली हो। संसार को देखने की उत्सुकता हो, लेकिन उजाले की चुभन से बार-बार आँखें मुँदती हों।

उनके व्यक्तित्व में यदि इन तीनों रूपों की पहचान थी, तो इसलिए नहीं, कि वह ये तीनों थीं। बल्कि इसलिए कि वह इन सबसे अलग होकर स्वतंत्र खड़ी हो सकती थीं।

स्वयं और स्वयं के बिम्ब से अलग एक तीसरी।

प्राचीन समय की किसी ऋषिका जैसी—उत्सुक, प्रश्नाकुल, धीरमयी।

तप करते हुए जैसे उन्हें तपस्या का अन्त भी मालूम हो!

अक्सर हम महादेवी के नाम के साथ मीरा का नाम लेते हैं, लेकिन मीरा एक नितान्त दूसरी जिज्ञासा के पीछे गई थीं। उन्होंने संसार की गठरी पीछे छोड़ दी थी। वहाँ एक समस्या का सामाजिक रूप था, कोई सामाजिक *प्रश्न* नहीं।

महादेवी न केवल संकट-स्थल का निरीक्षण करती हैं, बल्कि समस्या का पुनर्निरीक्षण भी। वह न केवल गठरी उठाती हैं, बल्कि उसे खोलकर देखती हैं—यह गठरी, जिसे स्त्रियाँ इतने समय से उठाए हैं, इसके भीतर क्या है?

वह उत्कंठित होती हैं और प्रश्नाकुल।

यहाँ खिलौने हैं, गुड़ियों के टूटे-फूटे अंग हैं। सब ग़लत-सलत लगे हैं। वह उन्हें जोड़ से अलग करती हैं, फिर से लगाती हैं। बाँह की जगह बाँह, सिर की जगह सिर। कोई अन्धा है इनमें, कोई गूँगा। कोई सब कह सकता है उनसे, कोई एक शब्द भी नहीं।

'स्मृति की रेखाएँ' में जितने भी चरित्र हैं, उनकी जकड़न कहाँ, किस प्रकार की है, महादेवी सब पहचानती हैं। जैसे वह स्वयं किसी द्वीप पर हैं और सामने भव-सागर हिलोरें ले रहा है। वह कभी इच्छा से, कभी अनिच्छा से, उन सबको खींच लाती हैं, जो उस भँवर में फँसे थे। चौदह बरस की अनब्याही माँ, जो अपनी सन्तान को त्यागना नहीं चाहती। गूँगी गुड़िया, जो महादेवी से एक पत्र लिखवाना चाहती है। एक अन्धा अलोपी, जो सामान टटोलकर एकदम सही तौल लेता है।

'स्मृति की रेखाएँ' जैसे अन्धे-गूँगे लोगों का पत्र है अपने समय के नाम। यहाँ उनकी कुशल-क्षेम लिखी है और नहीं भी।

उनकी क़लमकार महादेवी को स्वयं ही सब बूझना है, उनके दिल का सब हाल लिखना है। जो उनके दिल ने कहा है, और जो नहीं कहा।

यह एक पत्र है, एक चिट्ठी, जो महादेवी अपने समय के नाम लिखती हैं। समय—जिसका पता 'द्वारा', 'केयर ऑफ़' महादेवी है। इसका लिफ़ाफ़ा उन्हें स्वयं ही खोलना है।

महादेवी जैसे अपने समय को, उसमें अपने होने को, और दूसरों के थाह-हीन दुख को हर सिरे से टटोलती हैं। सबसे पहले स्वयं का साक्षात्कार।

मैं नीर भरी दुख की बदली या फिर *तुमको पीड़ा में ढूँढ़ा, तुममें ढूँढ़ूँगी पीड़ा।*

एकान्त का दुख। एकान्त का प्रश्न भी।

यह अकारण नहीं कि महादेवी के ये सब गीत, सब कविताएँ किसी अदृश्य उपस्थिति को, 'ऊपरवाले' को सम्बोधित हैं।

यह कविता की युक्ति नहीं, हालाँकि कई बार यह ऐसी लग सकती है।

यह सचमुच की बातचीत है, वार्तालाप, जो एक स्त्री अपने समय से कर रही है। एक आदि-स्त्री, एक आदि-समय से। यदि यह इससे कुछ कम हो, तो हमारे लिए कुछ अर्थ नहीं रखेगा। महादेवी, मीरा, आदि-थेरियाँ—सब उसी जगह पहुँचती हैं, आदि-बिन्दु पर।

यदि एक स्त्री को अपनी बात पूछनी है, अपनी बात कहनी है, तो उसे वहीं पहुँचना होगा। जिज्ञासा के उस आदि-कुएँ के पास, इच्छापूरन सरोवर पर। अपने प्रश्न का सिक्का उसे वहीं डालना होगा।

भीतर एक प्रश्न है, बाहर दीन-दुखियों की दुनिया।

वे महादेवी की दुनिया भरते हैं, महादेवी उनकी।

समाज के पड़ोस में बसा एक संसार। एक लेखक के लिखे पन्नों में धीरे-धीरे समाता, स्थायी होता जाता एक संसार।

माया की जकड़ से छूटता हुआ संसार।

नये संसार का यह उद्यम इसलिए भी सफल हो पाता है कि उसे चुनौती देता कोई पारम्परिक परिवार वहाँ नहीं है। यहाँ स्व-अर्जित स्वतंत्रता की पवित्रता है। गहरी प्रतिबद्धता है। अपने बनाए समुदाय का संसार है, उद्‌देश्य भरा जीवन है।

यह एक प्रति-संसार है।

यहाँ न केवल महादेवी स्वयं एक अर्थपूर्ण, गरिमामय जीवन जीती हैं, बल्कि दीन, साधारण लोगों को, स्त्रियों को स्वाभिमानी जीवन जीने में सहायता करती हैं। वह हमारे लिए न केवल अपने समय की एक सच्ची स्वतंत्र नारी का उदाहरण बनती हैं, बल्कि उससे कहीं अधिक—इस स्वतंत्रता का क्या किया जाए—इसका भी एक श्रेष्ठ, अनुकरणीय उदाहरण बनती हैं।

ज़रा महादेवी के काल-सन्दर्भ पर ध्यान दीजिए।

यह हमारा पराधीन काल है। अभी हम अंग्रेज़ों के उपनिवेशी हैं। उत्तर-औपनिवेशिक तो हम शायद बाद में भी नहीं होंगे, तमाम वैचारिक, साहित्यिक बहसों के बावजूद।

महादेवी की मनीषा जिज्ञासा करती है—*स्त्रियाँ, एक समूह के तौर पर, एक जाति के तौर पर, सबसे पहले कब कमज़ोर पड़ी थीं?*

सबसे पहले यानी इतिहास से पहले, स्मृति से पहले, समाज पर किसी आक्रमण से पहले, सदियों पहले।

लेकिन *कब?*

यह एक परिचित भव-बाधा से निकलकर सुदूर किसी दूसरे संसार में जाना है।

महादेवी सदियाँ लाँघ जाती हैं। आरम्भ के आरम्भ में। ऋग्वेदकालीन समाज में—जहाँ (एक जगह वह लिखती हैं)—

नारी सौन्दर्य का जैसा उदात्तीकरण उषस सूत्रों में मिलता है, वैसा कहीं नहीं। इनमें किसी की भी रूप-कल्पना ध्वंस के लिए नहीं है।

यह एक स्त्री का वक्तव्य है। इसमें एक अनकहा प्रश्न है। *नारी की रूप-कल्पना ध्वंसकारी, ध्वंसयोग्य कब बनी?*

वह नारी सौन्दर्य को प्रश्नांकित करती हैं। क्या यह नैसर्गिक सौन्दर्य, काया की कोमलता ही सारी समस्या की जड़ है?

> *मानसिक या शारीरिक भेद न किसी की श्रेष्ठता का प्रतिपादन करता है, न किसी की हीनता का विज्ञापन करता है। स्त्री ने स्पष्ट कारणों के अभाव में इस अन्तर को विशेष त्रुटि समझा, केवल यही सत्य नहीं है, वरन् यह भी मानना होगा कि उसने सामाजिक अन्तर का कारण ढूँढ़ने के लिए स्त्रीत्व को ही क्षत-विक्षत कर डाला।*

('आधुनिक नारी' से)

महादेवी सातवीं-आठवीं शती में, शंकराचार्य के समय तक—जब सहशिक्षा सामान्य थी और स्नातिकाएँ अध्यापन करती थीं—पड़ताल करती आती हैं।

स्त्रियों का आत्म-निर्वासन कब घटित हुआ? वह स्त्री के प्रेम को, सहज समर्पण को बार-बार तौलती हैं।

> *मातृत्व की गरिमा से गुरु और पत्नीत्व के सौभाग्य से ऐश्वर्यशालिनी होकर भी भारतीय नारी अपने व्यावहारिक जीवन में सबसे अधिक क्षुद्र और रंक कैसे रह सकी, यही आश्चर्य है। जिसके पास धन है, उसी के पास दूसरे का मोल लगाने की निर्णय-शक्ति। सबल ने दुर्बलों को उसी मात्रा में सुविधाएँ देना स्वीकार किया, जिस मात्रा में वे उसके लिए उपयोगी सिद्ध हो सकीं।*

ज़रा ध्यान दें। यहाँ महादेवी केवल व्याधि नहीं पकड़तीं, हमें उस व्याधि की जड़ भी दिखती हैं। बाक़ायदा जड़ खोदकर।

'पहले अंडा हुआ या मुर्ग़ी' जैसी इस अनादि-अनन्त समस्या को वह इतनी आसानी से सुलझा लेती हैं। स्त्री को किसी दूसरे ने हीन नहीं समझा था। जब उसे अपनी समस्या का कोई कारण समझ नहीं आया, तो उसने स्वयं के स्त्री होने को ही इसका कारण समझा!

हम जानते हैं, इस तरह का तर्कहीन विमर्श विश्व इतिहास में बार-बार होता आया है। इसे शोषकों ने शोषितों के विरुद्ध, एवं शोषितों ने स्वयं अपने विरुद्ध बार-बार इस्तेमाल किया है। शारीरिक दासता जब तक मानसिक दासता में न बदल दी जाए, अपने उद्‌देश्य में असफल है।

> *समाज ने उसे पुरुष की सहायता पर इतना निर्भर कर दिया कि उसके सारे त्याग, स्नेह और सम्पूर्ण आत्म-समर्पण बन्दी के विवश कर्तव्य के समान जान पड़ने लगे...*

इसी के चलते दक्षिण अफ्रीका में गोरे लोग मालिक और काले लोग दास बने। अमेरिकन इंडियन अपनी ही जन्मभूमि पर पशुओं की तरह बिजली

के तारों वाले बाड़े में बन्द किये गए। उन्नीसवीं सदी के अमेरिका-इंग्लैंड में, और भारत के सुदूर हिस्सों में आज भी, स्त्रियाँ चुड़ैल घोषित करके ज़िन्दा जला दी जाती रहीं...

एक नितान्त दूसरे सन्दर्भ में, निराला पर लिखे एक संस्मरण में महादेवी समाज की इस तर्कहीनता का उल्लेख कुछ इस तरह करती हैं—

> *मनुष्य जाति की नासमझी का इतिहास क्रूर और लम्बा है। प्राय: सभी युगों में मनुष्य ने अपने से श्रेष्ठतम, पर समय में न आने वाले व्यक्ति को छाँटकर, कभी उसे विष देकर, कभी सूली पर चढ़ाकर और कभी गोली का लक्ष्य बनाकर अपनी बर्बर मूर्खता के इतिहास में नये पृष्ठ जोड़े हैं।*

यह एक अभूतपूर्व क्षण है। रचना के बीचोबीच ठिठकन। स्नेह और लगाव में लिखा गया अपने लेखक बन्धु पर एक संस्मरण।

यह सहज ही हमें एक सत्य तक पहुँचा आता है—वह एक रेखा खींचता है और अपने पक्ष के पास जाकर खड़ा हो जाता है। तिरस्कृत और निर्धन, आजीविका कमाने को कई गरिमा-विहीन कार्य करने को मजबूर, तेजस्वी लेखक-बन्धु निराला के साथ महादेवी इसी तरह जा खड़ी होती हैं, सबको क्रूर और बर्बर बताकर।

यही उनकी प्रतिबद्धता है।

महादेवी की कोई भी रचना हम पढ़ें, किसी भी काल में लिखी हुई, वह इकहरे पाठ का, इकहरी व्याख्या का अस्वीकार करती है।

उनके यहाँ विचार का कुछ ऐसा संश्लिष्ट ताना-बाना है, भाव की कुछ ऐसी गहनता, कि सब रचनाएँ कहीं भीतर मज्जा से जुड़ी हुई महसूस होती हैं। वे जो लिखी जा चुकी हैं, और वे भी जो बरसों बाद लिखी जाएँगी, नितान्त भिन्न सामाजिक-राजनीतिक परिस्थितियों में।

इतनी अलग-अलग जिज्ञासाएँ, प्रतिबद्धताएँ महादेवी एक साथ कैसे साध पाईं?

हम आश्चर्य करते हैं।

मुझे नहीं मालूम, महादेवी रेखाचित्रों से निबन्ध चिन्तन की तरफ़ आती हैं या निबन्धों से रेखाचित्रों की ओर।

उनके रेखाचित्र पढ़ें, तो जीवन की विडम्बनाओं की संवेदनशील पकड़, विशेषकर उनके स्त्री विषयक निबन्ध विचलित करते हैं। निबन्धों को पढ़ें तो ऐतिहासिक विवेचना की ऐसी अचूक पकड़ कि लगता है, यहीं कहीं उनका कविता-समय भी उपस्थित है। काव्य-रचनाओं में जाएँ तो ऐसी अकेली वह वहाँ मिलती हैं, जैसे एक स्वतंत्र मेधा वाली स्त्री ही इतनी अकेली हो सकती है!

और उनके परम्परा-चिन्तन में उतरें तो देखते हैं—बड़े आश्चर्य से—कैसे वह अपने, एक मानसी के एकान्त को, इतने विविध रूप-रंगों, जिज्ञासाओं से, भरती जाती हैं।

महादेवी अपनी जिज्ञासा में भले कहीं भी जा पहुँचती हों, इसमें सन्देह नहीं कि उनके आरम्भ में कविता है। कविता यानी भाषा के सबसे सघन, अन्तरंग सम्बन्ध से शुरुआत। भाषा के शब्दार्थ रूप से, उसकी ध्वनि, उसके कथ्य और उसके अकथ्य से शुरुआत।

यह एक शुरुआत है, जो उनकी सब चिन्ताओं में इसी रूप में रहेगी—संलग्न, सघन, अन्तरंग।

भाषा के कुएँ में फेंका गया एक शब्द।

एक नवजन्मी भाषा, खड़ी बोली के साथ एक उत्सुक, युवा लड़की के सम्बन्ध की शुरुआत।

किसी एक बात में कितने आरम्भ छिपे होते हैं!

बीसवीं सदी का आरम्भिक काल—देश के पुनर्जागरण का काल, सार्वजनिक जीवन में रवीन्द्रनाथ और गांधी जैसी कालजयी उपस्थितियों का काल,

विदेशी शासन की छाया में भारतीय परम्परा के पुनर्मूल्यांकन का काल। सदियों बाद एक बार फिर सार्वजनिक जीवन में बहुत सी महिलाओं के खुलकर सहयोग करने को आगे आने का काल।

और हज़ारों, लाखों साधारण देशवासियों की तरह नींद से जागती हुई वह छोटी-सी लड़की। सदी के दूसरे दशक में, अपने परिवार में दो सौ बरस में एकमात्र जीवित रह जानेवाली कन्या। महादेवी!

अपने लेखन में इस नाम पर वह कई जगह हँसती हैं। इस नाम के साथ उन्हें एक लम्बा जीवन रहना है, बल्कि उसके बाद भी, जब वह स्वयं नहीं रहेंगी—इन्हीं चार अक्षरों में—महादेवी।

और उनकी उस हँसी को भी, जो वह अपनी रचनाओं में दर्ज कर छोड़ जाती हैं।

यदि हम यह मानकर चल सकें कि हर बड़े सत्य का आरम्भ एक छोटी-सी, भोली हँसी से होता है, तो महादेवी का आरम्भ 'रामा' से होता है।

अपने पारिवारिक सेवक रामा की चरित्र लेखिका से नहीं, उसके हाथों सौंपी गई उस नन्ही बच्ची से, जो भविष्य में महादेवी बनेगी।

छोटा राजा!

वह रामा की इतनी लाडली न होतीं, तो अपने आसपास का बस कार्य-व्यापार कैसे देखतीं? अपनी माँ का दान-पुण्य की व्यस्तताओं से भरा जीवन, जिसमें गृहस्थी के काम निपटाने के लिए सेवकों की पलटन है।

बचपन की इन स्मृतियों में ही एक गुत्थियाँ सुलझनी शुरू हो जाएँगी।

एक रामा ही कई कुंजियों का निमित्त बनेगा।

उसकी आर्थिक दीनता महादेवी को एक पक्ष की अन्तर्दृष्टि देगी, तो सामने के घर की युवा विधवा भाभी से मित्रता समाज के अदृश्य पंजे-शिकंजे की।

यह शुरुआत है। स्त्रियों के जीवन की अटूट थकान समझने की शुरुआत।

इस विषय पर महादेवी बरसों बाद चिन्तन करेंगी। विवाह-विच्छेद का क़ानून पास होते ही, पचास के दशक में, एक जगह वह लिखती हैं—

> *अनेक महिलाओं ने लज्जा के साथ स्वीकार किया कि वे घर (की ज़िम्मेदारी) से मुक्त होने के लिए ही विवाह-विच्छेद चाहती हैं, पतियों के किसी दोष के कारण नहीं!*

पर एक अन्य जगह पर, लगभग विरोधाभासी लगने वाली यह बात भी—

> *यदि स्त्री अपनी दुरवस्था के कारणों को स्मरण रख सके और पुरुष की स्वार्थपरकता को विस्मरण कर सके, तो भावी समाज का स्वप्न सुन्दर और सत्य हो सकता है!*

(दोनों उद्धरण 'शृंखला की कड़ियाँ' से)

पुरुष की स्वार्थपरकता का विस्मरण। दूसरों ने तुम्हारे साथ क्या किया, इसका विस्मरण।

ऐसा कोई सुझाव भारत जैसी किसी प्राचीन परम्परा से ही आ सकता था—जहाँ कभी दलदल है, कभी सूखी, उजली, ठोस धरती।

उषस सूक्तों में वर्णित स्त्री सौन्दर्य।

ऋषियों को उनकी अपनी ज्ञान-धरा पर चुनौती देतीं ऋषिकाएँ।

बहस, जिज्ञासा, मौन, त्याग, सामर्थ्य, सब में—पुरुष के बराबर स्त्रियाँ।

कई दशक पहले पारम्परिक ढाँचे में ढली एक साधारण सी लड़की—जो गणित के सवाल हल करनेवाली कॉपी में शौक़िया समस्यापूर्ति वाली कविताई किया करती थी। एक दिन वह किन समस्याओं का हल कहाँ से खोज लाएगी—तब कौन कह सकता था!

(इलाहाबाद संग्रहालय का 'महादेवी व्याख्यान, 2002')

जीवन में कविता का जादू

मुझे ख़ुशी है, आज मुझे आप सबके साथ इस सम्मेलन में शामिल होने का मौक़ा मिला। बहुत दिनों बाद ऐसा संयोग बना कि मैं कविता के साथ अपने अनुराग के बारे में सोचूँ। कैसे उसने मेरे जीवन को धीरे-धीरे इतना रंग दिया कि बाक़ी सब रंग धुल गए, समय के साथ, कविता फिर भी बची रही।

तो क्या हम कविता के जादू के बारे में बात करें, जो वह हमारे जीवन में बिखेरती है?

आप यह भूल जाइए कुछ समय के लिए, कि आप जानना चाहते हैं, कविता कैसे लिखी जाती है। मैं भूल जाती हूँ कि कभी-कभी कोई उड़ती जाती कविता मैं पकड़ लेती हूँ।

अगर आप सोचते हैं, सिर्फ़ कुछ चीज़ें लिख जाने से, छपवा लेने से, एक लेखक के पास कोई कुंजी मिलेगी, और वह आपको दे देगा, तो आप ग़लती पर हैं। दुनिया में, हमारे दिल में, हमारी जिज्ञासा में ताले इतने ज़्यादा हैं, कुंजियाँ बहुत कम।

बेचारे लेखक को भी हर रोज़ अपनी चाबी ढूँढ़नी पड़ती है। ज़्यादातर तो वह बन्द दरवाज़े के आगे ही खड़ा होता है। ख़ाली काग़ज़ के सामने एक शुरुआत की प्रतीक्षा करता। शब्दों का भिखारी।

हम ताले-चाबी की बात नहीं करेंगे। जीवन में कविता के जादू की बात करेंगे।

यह जो जीवन हमें मिला है, आज की सुबह मिली है, कुछ शब्द मिले हैं, चुप्पी मिली है, क्या इसका अर्थ हम समझते हैं? क्या हम मिलकर इस सबकी बात करें?

मैं अट्ठारह-उन्नीस बरस के इतने सारे चमकीले युवा दिलों के बीच में खड़ी हूँ। बहुत अच्छा लग रहा है। वसन्त ऋतु की इस सुबह ने थोड़ा-सा मुझे भी युवा कर दिया है। फिर आज शिवरात्रि है। आकाश में शंकर-पार्वती के विवाह की तैयारी है। उस दैवी बारात का कोई गण आपके या मेरे दिल में झुनझुना बजाकर कभी भाग जाता है। क्या आपने उसे सुना?

मैं ऐसा क्या कहूँ आपसे, कि यह सुन्दर दिन थोड़ा और सुन्दर हो जाए? धूप थोड़ी और खिल जाए, शब्द थोड़ा और गुंजायमान हो जाए, साँस थोड़ी और लम्बी-गहरी हो जाए?

क्या ऐसा नहीं हो सकता कि आपके और मेरे बीच शब्द हों ही नहीं और कोई जादू खिल जाए? कविता का जादू? मौन का जादू? हम सबके यहाँ एक साथ एक होने का जादू।

हमारे आदि देवता, शिव शम्भु, जो संसार में शब्द लेकर आए, ध्वनि और ताल लेकर आए, कि प्रकृति के सब जीव-जन्तु आपस में सम्भाषण कर सकें, अकेलेपन से मुक्ति पा सकें, अपने होने को कुछ अर्थ दे सकें।

सबसे पहले उन्हें प्रणाम। फिर देवी पार्वती को, जिन्होंने उनका सब शोक हरा। उनके शोक खाए हृदय को संसार में वापस रमाने के लिए घोर तपस्या की।

तो, शुरू से शुरू करें? यह कविता तो आपने नर्सरी में ज़रूर सीखी होगी?

Twinkle, twinkle, little star
How I wonder what you are!

क्या आपको पता है कि आपके जीवन में कविता के जादू की बात इतने छुटपन में शुरू हो चुकी थी?

है न सुन्दर? बात भी, भाव भी, जिज्ञासा भी।

सितारा है कि पूरी कविता में कुछ बोलता नहीं! बताता ही नहीं, कौन है वह।

छोटा-सा बच्चा पूछ रहा है सितारे से, कौन हो तुम? कौन हो तुम?

ज़ाहिर है, इससे पहले बच्चे ने ऐसा कुछ कहीं देखा नहीं, न इतना पास, न इतना दूर। ऐसा झिलमिल झिलमिल।

अब दूसरी कविता। हमारे उन्हीं बचपन के दिनों की—

हरा समुन्दर गोपी चन्दर
बोल मेरी मछली, कितना पानी?
इतना पानी!

सितारा नहीं बोला था उस कविता में, लेकिन इसमें मछली बोलती है वापस बच्चे से—*इतना पानी!*

बताती है, पहले घुटने तक था, फिर पेट तक, छाती तक, गर्दन तक, सिर के ऊपर तक।

हम क्यों पूछ रहे हैं उससे, क्या हमें नहीं पता, दिख नहीं रहा हमें, कितना पानी?

और मछली? वह मस्ती कर रही है, बच्चे को बता रही है—*इतना पानी, इतना पानी!*

इसी खेल में खेल है, भाषा का, कविता का, जीवन का। गुड़िया भीतर गुड़िया।

कितना पानी?

क्योंकि आप और हम पानी के बाहर हैं। उस पदार्थ की छुअन से परे हैं, जिसने उसे चारों ओर से घेरा हुआ है। हम जानना चाहते हैं, कितने तक छुए हमें पानी, तो क्या होगा हमारे जीवन को? हमारी देह को? हमारे होने को।

मछली उत्तर दे रही है, तैर रही है इधर से उधर। हर बार कहती है, 'इतना पानी' लेकिन भेद नहीं खोल रही अपना।

हम सबने उससे पूछा। अलग-अलग पीढ़ियों ने—*बोल मेरी मछली, कितना पानी?* उसने भेद नहीं खोला।

यह हमारा पहला सबक़ होना चाहिए।

कविता अपना भेद नहीं खोलती। बताती नहीं। सिर्फ़ इशारा करती है, उस तरफ़, जहाँ सम्भव है, भेद छिपा पड़ा हो!

कबीर हों, फ़रीद हों, मीरा हों, टैगोर हों, उनकी कोई पंक्ति उठा लीजिए, सीधी-सादी सी लगेगी, दोबारा पढ़िए, उसने मोती दिखलाकर अपनी सीपी बन्द कर ली है।

सीपी में मोती खनक रहा है, आपको मालूम है, आपने एक झलक उसे देखा भी था, लेकन निकलेगा कब अपने ढक्कन में से?

कोशिश करते रहिए।

बार-बार जन्म ले लीजिए, कविता का फिसलता मोती हाथ नहीं आने वाला। झलक ज़रूर कौंधती रहेगी।

एक पूरी सभ्यता बन जाएगी—उत्तर-आकुलों की। कोई पा गया हो कबीर का भेद, फ़रीद का भेद, मीरा का भेद, दिल का भेद—बता दीजिए इस व्याकुल-सभा में।

भेद पाने के लिए ही हम बार-बार लौटते हैं कविता के पास। इस बेचैनी से ही हमारे मानस बनते हैं। काल से हमारी होड़ लगती है। जो अदृश्य है, वह हमारे मानस में उपस्थित होता है, आकार लेता है। हम अज्ञात से संवाद करते हैं। इस सबसे ही हमारी परम्परा, हमारी सभ्यता बनती है।

इतने बड़े हमारे मनीषी आनन्द कुमारस्वामी कह गए हैं—कवियों के बनाने से ही देश बनते हैं, सभ्यताएँ बनती हैं।

क्यों?

क्योंकि कवि जिस पैनेपन से बात करते हैं, अपने देश-काल से, कोई दूसरी विचारात्मक मेधा नहीं।

सो दूसरी बात हमें यह समझ लेनी चाहिए कि कविता कुछ कहती तो है, लेकिन कथन में नहीं।

भाषा के जल में वह साँस भले ले ले, उसकी जकड़ से बाहर होने के लिए सतह पर आएगी। आपके-मेरे मौन में। ज़रूर।

आप यह न सोचें कि आपको कविता ढूँढ़नी है। पढ़नी है।

बहुत सारी कविताएँ भी आपको ढूँढ़ रही हैं, ठीक इसी क्षण, जब मैं बोल रही हूँ, आप सुन रहे हैं।

अपने मन को ज़रा ध्यान से देखिए। क्या वहाँ कोई पंक्ति चल रही है? गुनगुना रही है? दोहरा रही है?

आप अपने जीवन में उसे सुन सकें, कभी ज़्यादा, कभी कम, क्या आप इसकी तैयारी कर सकते हैं?

अपनी दिनचर्या की भगदड़ में, ट्रेन बदलते हुए, एक क्लास से दूसरी क्लास में जाते हुए, स्टेशन पर खड़े हुए, नहाते हुए, थोड़ा-सा अवकाश कविता के लिए छोड़ सकते हैं? कि ऊपर-ऊपर से आप वे सब काम करते रहें, और भीतर एक पंक्ति चलती रहे?

क्या आप अपने से बात करना सीख सकते हैं? कविता लिखने के लिए पहले अपने भीतर उसके लिए जगह बनानी होगी। बहुत सारी कविताओं के साथ जीना-मरना होगा।

क्या आप यह कर सकते हैं? अपने से बात करना?

एक बार आपने बोलना सीखा था दो-ढाई साल की उम्र में। दोबारा, इस नाज़ुक कच्ची-पक्की उम्र में, जब सूरज चमक रहा है ऐसा सुन्दर, हवा बह रही है मद्धिम-मद्धिम, क्या आप सीख सकते हैं बात करना अपने से, अकेले में?

देख लीजिए, अभी नहीं करेंगे तो बुढ़ापे में करनी पड़ेगी अपने से बात। जब तक बात नहीं करेंगे, छुट्टी नहीं मिलने वाली अपने आप से। तो अभी से क्यों न शुरू कर दें?

विश्वास करिए, कविता आपको कभी निराश नहीं करेगी, साहित्य, कला, संगीत और सिनेमा भी नहीं।

संसार से बच निकलना, इसकी जकड़ से, इसके गोरखधन्धे से, वह हममें से किसी के बस का नहीं। कोई-न-कोई ज़ंजीर हमें बाँधेगी ही। पढ़ाई पूरी होगी, तो कम्पीटीशन शुरू होगा, नौकरी के इंटरव्यू होंगे, आते-जाते किसी एक के लिए दिल भी धड़केगा, प्रेम में बाक़ी सब भूलेगा। प्रकृति का नियम है यह।

अगर आप समय रहते अपने से बात करना सीख लें, तो बाद में ख़ालीपन नहीं लगेगा। ऐसा नहीं लगेगा, किसी व्यस्त सफल जीवन के बीचोबीच, जैसा मुझे लगा था, अरे जीवन तो मैंने जिया ही नहीं। फिर आपको सब कुछ छोड़कर अपने बीते जीवन को पकड़ने की ज़रूरत नहीं होगी।

मैंने ऐसा नहीं किया था, मुझे किसी ने बताया ही नहीं, अभी तक देख लीजिए, जो मुझसे छूट गया, पकड़ा नहीं जा रहा। और दिन हैं जीवन के, कि ख़त्म होते जा रहे हैं।

अब नहीं तो कब?

यह सवाल आपके साथ हमेशा रहना चाहिए। जीवन जीने की प्यास लगातार बढ़ती रहनी चाहिए। आपकी प्यास को जल कहाँ से मिल सकता है, इसका ठीक-ठीक अनुमान आपको होना चाहिए। अभी, बिलकुल अभी।

अक्सर युवाओं को लगता है, अभी समय पड़ा है, थोड़ा अभी जी लेते हैं, थोड़ा बाद में जी लेंगे। ऐसी ग़लती मत करिएगा। अगले बरस दर्पण में यह चेहरा नहीं मिलने वाला। मित्रो! पकड़ो दौड़कर समय को। Seize the day, seize the day!

कैसे पकड़ें भई? पैर के नीचे रेत को, लहर को कैसे थिर करें?

पढ़िए, सुनिए, देखिए।

भर लीजिए अपने भीतर किताबों का संसार, फ़िल्मों का, संगीत और नाटक का। कविता लिखने पर मत बैठ जाइए। वह भी आएगी। उसके लिए धीरज रखें।

आ ही जाए तो लिख लें, लेकिन याद रखें, एक ठीक-ठाक कविता आने से पहले पाँच सौ-एक हज़ार बुरी कविताएँ आएँगी। कोई और नहीं फिंकवाएगा। चार दिन बाद आप देखेंगे अपनी कारगुज़ारी, तो ख़ुद ही फेंक देंगे रद्दी में।

हर कविता के पीछे रद्दी के बड़े-बड़े टोकरे पड़े होते हैं। इसकी पहचान जितनी जल्दी हो जाए, उतना अच्छा।

अभी डायरी लिखिए। कुछ दिन बाद ख़ुद उसे चेक करिए। अपना टीचर बनकर। इतने दिनों में ऐसे ही जी सकते थे आप, या थोड़ा और ज़्यादा?

जैसे-जैसे आपको अनुमान होता जाएगा, इस दिन में थोड़ा यह भी कर सकते थे, इसे भी अँटा सकते थे, आपके भीतर की दुनिया का परिष्कार होता जाएगा। पढ़ डालिए अच्छी-बुरी जो भी कविता-कहानी आपको बुलाती है, देख डालिए अच्छा-बुरा सिनेमा, संगीत। कर डालिए दोस्तों से दुनिया भर की बातें। धीरे-धीरे मैल बैठ जाएगी।

एक दिन न आपसे बुरी किताब पढ़ी जाएगी, न बुरा संगीत या सिनेमा सहा जाएगा।

अगर आपके आसपास किसी की अभिरुचि स्थूल है, तो इसका मतलब केवल इतना है कि उसने पूरा पढ़ा नहीं, डूबकर देखा नहीं, तैरने के लिए नीचे तक गया नहीं।

ऊपर-ऊपर खड़े रहेंगे तो तैर नहीं पाएँगे।

तैरेंगे नहीं, तो न मोती दिखेंगे, न मछलियाँ।

क्या ऐसा जीवन स्वीकार है आपको, जिसमें न मोती हैं, न मछलियाँ? दावत नहीं खाएँगे आप इस जीवन की, जो आपको मिला है?

वसुधा जी का, अपनी वाइस चांसलर का, चेहरा ज़रा देखिए। डरिए नहीं उनसे, देखिए। कुछ दिखता है उसमें? कितने सारे आन्तरिक जीवन उसमें चल रहे हैं, पता चलता है कुछ?

ऐसा ही जीवन आपको होना है। बाहरी नहीं, आन्तरिक। बाहर से आप कुछ भी करते रहें, कम्प्यूटर, बैंकिंग, अध्यापन, भीतर एक दूसरा जीवन सदा क्रियाशील रहना चाहिए।

मैंने वसुधा जी का उदाहरण इसलिए दिया कि उन्हीं को इस सभा में मैं थोड़ा-बहुत जानती हूँ। दिल्ली में मेरी एक किताब पर कार्यक्रम बनवाया था उन्होंने। उन्हीं दिनों मैंने उनकी आन्तरिकता की झलक पाई थी। भारतीय मनीषा पर उनकी गहरी पकड़ की। यह आपके जीवन में किस तरह बने, इस पर ध्यान देना है आपको।

आपकी वाइस चांसलर ने आपके लिए तीन दिन का यह सम्मेलन किया है। पहली बार। विद्यार्थिनी साहित्य-सम्मेलन। कोर्स के अंक बढ़वाने के लिए नहीं। आपकी किसी नौकरी की तैयारी के लिए नहीं। जीवन के एक बहुत बड़े साक्षात्कार की तैयारी के लिए। नियति से मुठभेड़ के लिए। कि आप जीवन से टकराएँ तो ख़ाली हाथ न लौट आएँ, इसके लिए।

इसकी पहचान आप कर लीजिए।

महर्षि कर्वे को भी याद करिए। पाँच महिलाओं के साथ उन्होंने यह यज्ञ शुरू किया था, महिलाओं का प्रज्ञा-यज्ञ। इस विश्वविद्यालय की शुरुआत। अब सैकड़ों की संख्या में हम यहाँ बैठे हैं। उन्होंने सामाजिक संघर्ष की चिन्ता से निपटने के लिए आरम्भ किया था यज्ञ। आज उनकी साधना के कारण इतना अवकाश हमें मिल गया है, कि हम बाहरी संघर्ष की बजाय अपने आन्तरिक आलोक की बात कर पा रहे हैं।

इन तीन दिनों के सम्मेलन में यदि तीन व्यक्तियों के भीतर भी कल्पनाशीलता अपनी विलक्षणता में जाग्रत होती है, झंकृत होती है, तो यह सफल है। इसका कुछ अहसास है आपको?

भविष्य में, जब कभी आप अपनी सन्तानों में कल्पनाशीलता जगाने का कोई प्रयास करेंगे, उनके लिए कोई निर्णय करेंगे, तब आपको इस सुबह का महत्त्व याद आएगा।

जब कहती हूँ कि ठीक से देख लीजिए अपने गुरु का चेहरा, इस सुबह कैसा सात्त्विक, तो इसलिए कि किसी दिन भविष्य में, अचानक यह याद आएगा। कृतज्ञता के किसी क्षण में। आप सोच भी नहीं रहे होंगे और कृतज्ञ हो जाएँगे!

मैं अभी तक अपने टीचर्स को याद करके विह्वल हो जाती हूँ। अनुभव से कह रही हूँ।

तो वापस कविता पर आते हैं। उससे हमारा सम्बन्ध कैसे बने, इस पर।

डरिए नहीं। बुरी कविता क्या है, यह दो-चार कवि पढ़कर आपको समझ में आ जाएगा। बुरी कहानियों की तरह बुरी कविता आपसे छल नहीं करती। बुरी कथाएँ धोखे में पढ़ी जाती हैं। वे आपको लटकाए रखती हैं, अब कुछ होगा, होगा।

कविता छल नहीं करती। उसमें रहस्य और सत्य, आश्चर्य और स्वप्न का उछाल एक साथ होना ही होना है।

बुरे कवि के हाथों उसकी गेंद गिरने के लिए एक-दो वाक्य काफ़ी हैं। शुरू की तीन पंक्तियों से ही उसका सच-झूठ आपकी पकड़ में आ जाएगा।

कल्पना कीजिए, सिर्फ़ दो-तीन पंक्तियों में! इससे कहीं ज़्यादा समय तो बुरे प्रेम में से निकलने में लग जाता है।

कविता पढ़ने का एक वरदान यह है कि बुरी होगी तो तुरन्त छूट जाएगी। अच्छी होगी, तो जीवन भर साथ चलेगी। अकेले में बातें करेगी आपसे। मुश्किल दिन आएँगे तो तकिये का काम करेगी। बुरे दिनों से कोई किसी को बचा नहीं सकता, कम-से-कम कविता के तकिये का इन्तज़ाम तो कर लीजिए!

क्या कविता हमें कोई सत्य दे देगी?

जी हाँ, बिलकुल। दार्शनिकों वाला रूखा-सूखा सत्य नहीं, दिल पर मलहम लगानेवाला सत्य।

कविता का सच कभी रूढ़ नहीं होगा। एकअर्थी नहीं होगा। यह आपका अतिरिक्त बोनस है। पंक्ति एक ही रहेगी, रंग कई-कई खुलेंगे। जैसा दिन, वैसा फूल। कभी लाल, कभी जामुनी। बड़ी बात यह कि इस फूल को देखने के लिए आपने कोई पानी नहीं दिया। दिल के एक कोने में रख छोड़ा। जब चाहा देख लिया। कभी ये, कभी वो!

बस एक चेतावनी। आप साहित्य के पास कहीं यथार्थ को समझने तो नहीं जा रहे?

उसके लिए वहाँ न जाइएगा। कुछ नहीं हाथ आनेवाला।

दरअसल यथार्थ नाम की कोई चीज़ है ही नहीं। सब कुछ इतनी तेज़ी से घूम रहा है कि माया को मानना ही पड़ेगा। आप जो कोर्स पढ़ रहे हैं, वह आपके जीवन में सबसे ज़्यादा मायावी सिद्ध होगा। भविष्य के किसी सुदूर क्षण आपको लगेगा, कोर्स में नहीं, इन तीन दिनों में आपने जो सीखा था, साहित्य और उसकी आन्तरिकता के बारे में, उसी का सबसे ज़्यादा महत्त्व था आपके लिए।

हमारे यहाँ कुछ तथाकथित श्रेणियाँ हैं साहित्य में प्रगतिशीलों की, सामाजिक चेतना की। मुझे वे कभी समझ में नहीं आईं। हम यथार्थ से चारों ओर से वैसे ही इतना जकड़े हुए हैं, उससे दूर नहीं जाएँगे, तो उसे समझेंगे कैसे?

दूर से अपना घर देखना चाहिए—हमारे कवि विनोद कुमार शुक्ल कहते हैं। सुनिए उनकी कविता—

दूर से अपना घर देखना चाहिए
मजबूरी में न लौट सकने वाली दूरी से अपना घर
कभी लौट सकेंगे की पूरी आशा में
सात समुन्दर पार चले जाना चाहिए
जाते-जाते पलट कर देखना चाहिए
दूसरे देश से अपना देश
अन्तरिक्ष से अपनी पृथ्वी
तब घर में बच्चे क्या करते होंगे की याद
पृथ्वी में बच्चे क्या करते होंगे की होगी
घर में अन्न-जल होगा कि नहीं की चिन्ता
पृथ्वी में अन्न-जल की चिन्ता होगी
पृथ्वी में कोई भूखा
घर में भूखा जैसा होगा
और पृथ्वी की तरफ़ लौटना
घर की तरफ़ लौटने जैसा।

अब देखिए कविता के यथार्थ में रहस्य का टप्पा—

घर का हिसाब-किताब इतना गड़बड़ है
कि थोड़ी दूर पैदल जाकर घर की तरफ़ लौटता हूँ
जैसे पृथ्वी की तरफ़।

कविता का सत्य उसके शब्दों में नहीं मिलेगा। जो उसने नहीं कहा, अधूरा छोड़ दिया कुछ कहते-कहते, वहाँ कोई टुकड़ा आपकी पकड़ में आ जाए तो आ जाए।

इतना तो समझ गए होंगे आप?

अब कविता के सरोवर किनारे आप आएँगे, तो कुछ न कुछ यथार्थ का कीचड़ आप पर लग ही जाएगा। चप्पल पर, पैर पर। हो सकता है, एक-आध छींटा आत्मा पर भी आ जाए!

ज़रूरी नहीं, सरोवर सब मैल धो ही दे। सम्भव है, वह आपको जल ही न छूने दे। आप कहें, प्यास लगी है और वह कहे, पहले मेरे प्रश्नों का उत्तर दो। *सबसे बड़ा आश्चर्य क्या है संसार में?*

बेशक इसका उत्तर युधिष्ठिर दे गए हैं महाभारत में, लेकिन अगर आप समझें कि आप भी उसी उत्तर को रटा-रटाया कह देंगे और आपको प्यास बुझाने के लिए कविता से जल मिल जाएगा तो ग़लती करेंगे।

कविता का सरोवर आपको मूर्च्छा देकर दंडित नहीं करेगा। यदि आप वहाँ अपनी प्रज्ञा से चलकर नहीं गए, तो वह आपकी प्यास बढ़ा देगा, आपके पानी को नमकीन कर देगा।

कविता ही एकमात्र ऐसा इलाक़ा है, हमारी प्रज्ञा की परीक्षा का—कि वहाँ प्रश्नपत्र भले एक सा रहा आया हो वर्षों से, शताब्दियों से—उत्तर उसका अलग होगा। हर व्यक्ति के लिए अलग।

हर व्यक्ति को बताना होगा, उसने क्या समझा। यह जीवन जो उसे मिला था, इसके इतने सारे सुनहरे दिन।

कुछ मैले दुखियारे दिन भी, उसने जो देखे थे—उससे क्या जाना? सबसे बड़ा आश्चर्य क्या है संसार में?

How I Wonder what you are, My heart, My heart!

कविता हमारी सामूहिक स्मृति में कैसे जाती होगी? अपने रचयिता की छाप से? याकि अपनी आकुलता की छाप से?

मैंने जो बाल-कविताओं के उदाहरण दिये, हमें पता भी नहीं, उनके कवि कौन हैं। लेकिन उन पंक्तियों के कौतुक ने हमें स्पन्दित किया है, पीढ़ी-दर-पीढ़ी।

तो क्या हम कह सकते हैं, कवि का हस्ताक्षर भाषा में नहीं, कौतुक जगाने के उसके कमाल में रहता है?

एक जादू बनता है संसार में, तो कई सारी चेतनाएँ उसमें अपनी छोटी-मोटी कल्पनाएँ बाँधने लगती हैं।

महाभारत विह्वल करता है हमें, मीरा, कबीर, होमर की ओडेसी—सबमें हमारी जाति की सामूहिक चेतना प्रक्षिप्त हो जाती है। जैसे एक ही गान, एक ही हूक कई अलग-अलग दिलों से एक साथ निकली हो।

असल मीरा को नक़ल मीरा से, असल कबीर को नक़ल कबीर से, असल महादेवी अक्का को नक़ल महादेवी अक्का से अलग करने का काम करना पड़ता है विद्वानों को।

कौन बड़ा कवि है? जिसकी नक़ल, जिसके सुर में सुर मिलाकर साधारण जन अपनी तुकें जोड़ देते हैं? कि वह, जो इतना अनूठा है, नियति के एकान्त को सम्बोधित, कि उसके जैसी पुकार कविता में ला पाना असम्भव है?

एक पाठक के नाते इस बहस में मेरी ज़रा भी दिलचस्पी नहीं।

मुझे कवि का नाम नहीं, कविता की एक पंक्ति चाहिए, जिसके साथ मैं जी सकूँ। पूरी कविता भी नहीं, बस एक सूक्त-वाक्य। ये और बात है कि उस सूक्त-वाक्य में कवि का बिंधा हुआ दिल अपने आप आ जाएगा, न उसे अलग हटाने की ज़रूरत होगी, न अलग से देखने की।

जब जीवन मुझे स्तब्ध कर रहा हो, जब शब्द मेरे काम न आ रहा हो, तो कोई पंक्ति कहीं से आए और मुझे सहारा दे दे। मैं उसके साथ टिककर बैठ जाऊँ, जैसे वह कोई दीवार हो, किसी अदृश्य प्रिय का कन्धा हो।

अगर एक कविता ने मेरे लिए इतना काम कर दिया, तो बहुत काफ़ी है। मनुष्य द्वारा आविष्कृत चीज़ों में ऐसी कितनी हैं, जो हमें एक साँस और उधार दे सकें, अच्छी कविता, अच्छे संगीत और सुन्दर प्रार्थनाओं को छोड़कर?

कविता की बात करूँ और उन पंक्तियों को न सुनाऊँ, जिन्हें जाने कितनी बार मैंने ओढ़ा है, बिछाया है, तो ये मेरी अकृतज्ञता होगी। ईश्वर ही जानता है, मनुष्यता की कितनी कठिन रातें, जब प्रार्थना से भी न कटीं, तो कविता से कटीं। इतना आश्वासन हमें कविता ने दिया है!

मैं जान-बूझकर भारतीय कविता से कम और विश्व कवियों से ज़्यादा पढ़ूँगी, ताकि उन नामों से भी आपका परिचय हो सके।

तो सुनिए मेरी प्रिय कवयित्री, मारीना स्वेताएवा, मॉस्को की बर्फ़ में चली जातीं—

क्या करूँगी यहाँ मैं
अन्धी और अनाथ
हर कोई देख सकता है यहाँ
हर किसी के पास पिता है।

और यह दूसरी कविता—

एक चुम्बन सिर पर पोंछ देता है सारा दुख
मैं चूमती हूँ तुम्हारा सिर
एक चुम्बन आँखों पर हर लेता है सारी उनींद
मैं चूमती हूँ तुम्हारी आँखें
एक चुम्बन होंठों पर बुझा देता है गहरी पैठी प्यास
मैं चूमती हूँ तुम्हारे होंठ
एक चुम्बन सिर पर पोंछ देता है स्मृति
मैं चूमती हूँ तुम्हारा सिर

क्या आपको इनमें कोई अँधियारी नियति दिखती है?

नहीं न? कुछ पता नहीं चलता है कि एक दिन ये स्वेताएवा आत्महत्या कर लेंगी, स्तालिन के दमन से तंग आकर?

कविता के अँधेरे में ही उसका उजाला छिपा है, यह बात भी आपको समझ लेनी है। कभी आप स्वयं किसी सुरंग में हों, तलघर में हों, तो डरना नहीं है। इतना काम कविता हमेशा से करती आई है। नाज़िम हिकमत को पढ़ जाइए। उनकी जेल में लिखी कविताओं को। उनकी एक कविता है, I come and stand at every door—

I come and stand at every door
But no one hears my silent tread
I knock and yet remain unseen
For I am dead, for I am dead.
I'm only seven although I died
In Hiroshima long ago
I'm seven now as I was then
When children die they do not grow.

और ये रहे हमारे गुरुदेव, कैसा प्रेम करके वह गए इस विश्व से, इसकी प्रकृति से, इसके छोटे-बड़े मनुष्य से। कुछ भी पढ़ लीजिए उनका, रोमांच हो आता है। इतना सारा कोई जी सकता है? अपना एक-एक रोम? हर्ष-शोक सब कुछ का ऐसा सुन्दर स्वीकार।

आमि आँधर बिछाये आछि रातेर आकाशे तोमारि आश्वासे...
मैंने अँधेरा बिछाया है रात के आकाश में, तुम्हारे आश्वासन से...

और रिल्के—

Tonight I want to step out of my heart
And walk under the stars...

और बिलकुल नग्न, केवल केशों से ढकी, दर-दर भटकतीं तेरहवीं शताब्दी की भक्त कवयित्री अक्का महादेवी—

भेजो मुझे दर-दर
हाथ फैलाए भीख माँगने को
और अगर भीख माँगूँ
तो मत देने देना उन्हें
और अगर वे दें
तो गिरा देना ज़मीन पर
और अगर गिर पड़े
तो मेरे उठाने से पहले ले जाने देना उसे कुत्ते को
ओ मल्लिकार्जुन...

हर कविता में पुकारती हैं, अपने शिव को! चलती-चलती एक पहाड़ की शिला में समा गई थीं। कर्नाटक में समाधि स्थल है उनका।

और अख़्मातोवा, जिनके लिए स्तालिन ने कहा था, 'She is half nun, half whore!'

I could not go to sleep
because you were dreaming of me...

और लोर्का, स्पेन के बहुत बड़े कवि, जिनकी गोली लगी लाश एक नाले में पड़ी मिली थी, स्पेन के गुरिल्ला युद्ध के दिनों में। विडम्बना देखिए कि लोर्का की कई कविताएँ डूबे हुए लोगों, उनकी लाशों के विवरण से भरी हैं और वे स्वयं ऐसी ही एक जगह पर फिंके मिले।

और गैब्रिएला मिस्त्राल, चिली की बहुत बड़ी कवयित्री, नोबल पुरस्कृत—

The bones of the dead are tender ice
that knows how to crumble
and become dust on the lips
of the ones who loved them
and these lips can no longer kiss.

और बॉदलेयर, जिनकी सब कविताओं में शैतान और ईश्वर का द्वंद्व मिलता है—

Angel of beauty, do you wrinkles know?
Know you the fear of age, the torment vile
of reading secret horror in the smile
of eyes your eyes have loved since long ago?
Angel of beauty, do you wrinkles know?

और अन्त में रोबर्तो हुआरोज़, अर्जेंटीना के प्रमुख कवि, जो भारत भवन के न्योते पर 1989 में भारत आए थे और पहली बार हमने उनके मुख से 'वर्टिकल पोएट्री' सुनी थी—

To die far away
not here
To die where no one waits for us
where there is a place to die

इतनी सारी कविताओं और कितनी ही औरों को आपके भीतर बसने के लिए जगह चाहिए होगी, तब कोई एक अधूरी-सी पंक्ति, आपकी अपनी, पाँच सौ-एक हज़ार रद्दी कविताओं के बाद, धीरे-से ठक-ठक करेगी आपके दिल पर। कान में कुछ कहेगी। तब जाकर बात बनेगी, कभी न भी बनेगी।

उस कमज़ोर-सी आवाज़ को, नितान्त अपनी एक आवाज़ को, कविता में आप सुन सकें, इतना एकान्त अपने भीतर इकट्ठा कर सकेंगे आप? अपने आप से बातें करते हुए डरेंगे तो नहीं?

अगर आप कर सके तो सारी ज़मीन कविता की आपकी है। नहीं तो, आसमान तो है ही। जो भी कविता आपको छुएगी, उसकी पंक्ति जीवन भर आपके साथ चलनेवाली है। अभी ही आप कितनी पंक्तियाँ अपने भीतर छिपाए बैठे हैं यहाँ पर। मैंने पूछा भी था, आप सुन पा रहे हैं उनको? बोल रही हैं आपके भीतर।

तो बताइए, कविता की जादुई इस यात्रा के लिए तैयार हैं आप?

(एसएनडीटी विश्वविद्यालय, मुम्बई के विद्यार्थिनी साहित्योत्सव में दिया गया बीज-भाषण, 27 फ़रवरी, 2014)

महिला लेखन बनाम स्त्री-विमर्श

आपने मुझे इस गोष्ठी में शामिल होने का अवसर दिया, बहुत-बहुत धन्यवाद। मैंने जब यहाँ आने की स्वीकृति दी, तो 'महिला', जो सबसे ज़रूरी शब्द था, सुनने से रह गया! वैसे भी वह शब्द मुझे तभी सुनाई देता है, जब मैं अकेले यात्रा कर रही होऊँ! साहित्य मैं भाषा और कथन के चमत्कार जानने के लिए पढ़ती हूँ। वह किसी स्त्री का लिखा है, यह तब दर्ज होता है, जब उसके वाक्य-विन्यास से हैरानी हो। महिलाएँ अलग तरह से व्याकरण कहती हैं। अगर आपने टोनी मॉरीसन को पढ़ा हो, या नादीन गॉर्डीमर को, तो समझ जाएँगे, मैं क्या कहना चाहती हूँ।

आपके सामने मैं लेखिका के नाते उपस्थित हूँ और ज़ाहिर है, आप मुझसे किसी अकादमिक बहस की अपेक्षा नहीं रखते। बल्कि शायद चाहते हैं कि यह अकादमिक बहस रचना-कर्म की तह तक जाए।

वरना आप एक लेखिका को क्यों बुलाते?

सबसे पहले तो यक़ीन मानिए, हममें से अधिकांश की घर-गृहस्थी के व्यापार में कोई सर्जनात्मक दिलचस्पी नहीं। हम उसे कुशलता से सँभालती ज़रूर हैं, जैसे पुरुष, लेकिन गृहस्थी हमारा बन्धन नहीं, जैसे तीस बरस पहले हुआ करता था। घर और बाहर के बीच सन्तुलन बनाना हमने सीख लिया है। अपनी बौद्धिक जिज्ञासाओं के पीछे जाना भी। सिर्फ़ इसी कारण वर्तमान महिला-लेखन के प्रति आपका नज़रिया बदलना चाहिए। उससे उम्मीद भी।

हमें संगीत अच्छा लगता है, और सुदूर यात्राएँ, फ़िल्में, टीवी की बहसें। हमें वर्तमान राजनीति परेशान करती है। सड़क पर महिलाओं के साथ हो रही हिंसा। धार्मिक उन्माद।

हमारे भीतर तमाम दुनिया का शोर घुमड़ता है, उठते-बैठते हम जुगाली करती रहती हैं, कभी उस पर टिप्पणी करती हैं, लेकिन जो हम लिख पाती हैं, कविता में, कहानी-लेख-वृत्तान्त में, वहाँ वही परेशानी है आदिम—पहला वाक्य कहाँ से आए, ऐसा वाक्य कि उस संसार की कुंजी खोल दे जिसका हमें तब सही-सही पता नहीं।

हमारे पुरखे हमें पुकारते हैं, उसी तरह जैसे आप सबको। उस संसार में हम कहाँ से जाएँ, किस कन्दरा से, जो हमें पुकारता रहता है लेकिन दीखता नहीं।

आप पाठक और अध्यापक लोग हमें पढ़ते हैं, एक पंगत में बैठाते हैं और हमें पता चलता है, हम महिला लेखन कर रहे हैं, स्त्री-विमर्श कर रहे हैं।

अस्सयोत्तर महिला लेखन क्यों? सत्तरोत्तर क्यों नहीं?

नब्बेत्तर क्यों नहीं?

क्या अस्सी के दशक में कुछ ऐसा हुआ था कि महिला लेखन में लकीर खिंच गई थी?

घटना के नाम पर मैं केवल इतना जानती हूँ, सन् 1987 में महादेवी जी वयोवृद्ध आयु में सिधारी थीं। उन्होंने लिखना कम कर दिया था, हालाँकि उनके ओजस्वी लेख कभी-कभार पढ़ने को मिल जाते थे। वह स्वाभिमान, कर्मठता और मनीषा की उजली मूर्ति थीं। छायावाद का युग बीते अरसा हो गया था। तब तक कृष्णा सोबती, उषा प्रियंवदा, मन्नू भंडारी, चन्द्रकिरण सोनरेक्सा आदि कई लेखिकाएँ पटल पर आ-जा चुकी थीं।

फिर भी, क्या महादेवी के न रहने से हिन्दी साहित्य के इतिहास में कोई रेखा खिंच गई थी?

क्या हम अस्सी के दशक को महादेवी के न रहने से जोड़कर देख सकते हैं?

मुझे लगता है, अस्सी का दशक एक तरह का संक्रमण-काल है। उसके बाद हमारे यहाँ साहित्य लेखन के, उसे समझने के मानदंड तेज़ी से बदले।

1957 के अपने लेख में, हिन्दू कोड बिल आने के बाद, महादेवी ने लिखा था—*अनेक महिलाओं ने लज्जा के साथ स्वीकार किया कि वे घर (की ज़िम्मेदारी) से मुक्त होने के लिए ही विवाह-विच्छेद चाहती हैं, पतियों के किसी दोष के कारण नहीं!*

सन् अस्सी तक आते-आते यह पक्ष हिन्दी साहित्य में चरितार्थ हो चुका था, मन्नू भंडारी की 'आपका बंटी' व मोहन राकेश की 'अँधेरे बन्द कमरे' जैसी रचनाओं में।

अस्सी के दशक में जब कृष्णा सोबती का 'मित्रो मरजानी' आया और कुछ समय बाद मृदुला गर्ग का 'चित्तकोबरा', तब पहली बार हिन्दी साहित्य ने स्त्री की यौनिकता का एकटूक पक्ष देखा। यह स्वतंत्र भारत में स्त्रियों की कामकाजी, आर्थिक रूप से स्वाधीन और शिक्षित दूसरी पीढ़ी थी। यानी घर-गृहस्थी, देश-समाज से हटकर उसके पास अपनी देह, अपनी अस्मिता को देखने-समझने का अवकाश था।

लेकिन केवल देह ही इन लेखिकाओं के जिज्ञासा केन्द्र में नहीं थी। इसके बाद कृष्णा सोबती का 'ज़िन्दगीनामा', 'ऐ लड़की' व 'दिलो-दानिश' देखिए और मृदुला गर्ग का 'कठगुलाब'। यह गम्भीर लेखन है, पूरी तैयारी व जोखिम उठाकर किया गया लेखन। कृष्णा सोबती के लेखन में विश्वकोशीय ज्ञान एक तरह का है, मृदुला गर्ग में दूसरी तरह का। लेकिन न कहीं अपने ज्ञान का बोझ है, न अनुभव का, न कोई सन्देश देने का। अपने परिवेश की यहाँ गहरी जानकारी है, एक तरफ़ आज़ादी के पहले की पुरानी दिल्ली, दूसरी तरफ़ अमेरिका का शहर। एक तरफ़ सामन्ती समाज का ताना-बाना, दूसरी ओर वनस्पतियों की बारीक जानकारी।

ऐसी गम्भीर तैयारी व विवेक से किये लेखन के कई अच्छे उदाहरण हमारे इन वर्षों के महिला लेखन में हैं। नब्बे के दशक के इराक-ईरान-फिलिस्तीन की पृष्ठभूमि पर लिखे नासिरा शर्मा के लेखन को कौन भूल सकता है। उनके उर्दू-फ़ारसी ज्ञान से सम्भव हुआ था यह लेखन। उस समय की अरब दुनिया की ऐसी जानकारी हिन्दी साहित्य के अलावा भारत की किसी अन्य भाषा में दुर्लभ है।

लगभग ऐसा ही महत्त्वपूर्ण काम चन्द्रकान्ता की रचनाओं में है। कश्मीर पर लिखा गया उनका उपन्यास 'ऐलान लगी ज़िन्दा है' लगभग उसी समय, अस्सी के दशक में, विदेश से आए जादुई यथार्थवाद की टक्कर लेता था। मन्नू भंडारी के 'महाभोज' से यह सिद्ध हो ही गया था कि महिलाओं को राजनीति के गन्दे दाँव-पेच की ख़ूब समझ है। कुछ बरस बाद अलका सरावगी के 'कलिकथा वाया बाइपास' और बाद की रचनाओं में भी ये अन्तर्कथाएँ मुखर हुईं।

यानी अलग-अलग पीढ़ियों की लेखिकाएँ नये-नये विषयों पर काम कर रही थीं, बिना स्त्री-विमर्श की चिन्ता किये। इन कृतियों को अपने समय में पर्याप्त आलोचकीय स्वीकृति मिली, सम्मान भी। ये स्त्री साहित्य था, विमर्श नहीं। ऐसा गम्भीर लेखन आज भी हमारी भाषा में हो रहा है, लेकिन अफ़सोस कि वह किसी चर्चा के केन्द्र में नहीं।

नब्बे के दशक में ही स्त्री-विमर्श का ख़तरनाक खेल हुआ। इस विमर्श से सबसे ज़्यादा नुक़सान महिला लेखन को ही हुआ।

उतना गृहस्थी व समाज ने नहीं, जितना स्त्री-विमर्श ने महिला लेखन को जकड़ लिया। जैसे ही एक या दो कृतियों के बाद आलोचक-सम्पादकों ने स्त्री-विमर्श का झंडा उठाया, अनेक प्रकार की छद्म रचनाएँ प्रकाश में आईं। एक के बाद एक स्त्रियों ने यौन अनुभव पर विस्तार से, नितान्त कलाहीनता से, लगभग चटखारे लेकर, लिखा और चर्चा के केन्द्र में आ गईं।

कुछ को आप सिलेबस में पढ़ते हैं, उन पर शोध करते हैं, लेकिन क्या ये वाक़ई महिला-लेखन है?

मैं समझती हूँ, आपके पास आलोचना के पर्याप्त औज़ार होने चाहिए। एक स्त्री जब अपनी देह देखती है दर्पण में, क्या वही देखती है, जो पुरुष देखता है? अगर वह भी स्वयं को रूप/यौवन/सम्भोग काया तक ही देख पा रही है, तो समझना चाहिए, इस देखने में, लिखने में कहीं खोट है। ऐसा लेखन किसी देश-काल को सम्बोधित नहीं। वह किसी अदृश्य स्त्री-विमर्श की दीर्घा को सम्बोधित है। हिन्दी साहित्य में लम्बे चले इस प्रपंच को आप अध्येताओं को ही प्रश्नांकित करना है।

इस तथाकथित स्त्री-विमर्श की फ़ौरी चर्चा का एक असर यह हुआ कि अधिकांश ने स्वयं को प्रमाणित करने का दबाव महसूस किया। कुछ तो बाक़ायदा स्त्री-विमर्श की अधिकृत कवि हो गईं। यह कविता के साथ बेईमानी थी व स्त्री-विमर्श के साथ भी। यदि आप कविता के गम्भीर अध्येता हैं, तो इन कविताओं का छद्म तुरन्त पकड़ सकते हैं।

विमर्श रचना केन्द्रित होना चाहिए, न कि रचना विमर्श केन्द्रित।

किसी भी अच्छी रचना को विमर्श से आगे रहना चाहिए।

सबसे त्रासद यह था कि कुछ प्रतिभाशाली व बुद्धिमती लेखिकाएँ इसके दबाव में आ गईं। वे विमर्श में रहने के लिए तो नहीं लिख रही थीं, लेकिन नई रचना प्रस्तुत करने के दबाव में उनकी कई ऐसी अधपकी रचनाएँ सामने आईं, जिनमें अपने कथानक व सोच में नई ज़मीन तोड़ सकने की सम्भावना तो थी, लेकिन जो अधीरता के कारण सतमाहे में ही पाठकों के सामने आ पहुँची थीं। इनके विषय समकालीन राजनीति से उठाए गए थे। उन मुद्दों के कारण, जिनसे सभी आक्रान्त थे। इन कृतियों की फ़ौरी चर्चा तो हो गई, लेकिन इनमें स्वयं ऐसे डुबोऊ छेद थे कि आज लोगों को मुद्दे तो याद रहे, कृति नहीं।

साहित्य रचने का जोखिम होना चाहिए, कि एक बार जो किसी ने कह दिया, उसे दोबारा न कहा जाए, किसी दूसरी जगह जाया जाए, कुछ नया ढूँढ़ा जाए। क्या आज जो महिला लेखन है, वह इसे कर रहा है?

ज़रूरी नहीं, एक लेखिका स्त्री-जीवन के बारे में ही लिखे। वह इतिहास या परम्परा की मीमांसा कर सकती है, इरावती कर्वे की तरह, संगीत या चिड़ियों पर लिख सकती है, शीला धर या बुलबुल शर्मा की तरह, लेकिन जो भी वह लिखेगी, उसमें उसका स्त्री-तत्त्व, स्त्री-दृष्टि विद्यमान रहेगी। ज़रूरी नहीं कि उसका स्त्री-तत्त्व व स्त्री-दृष्टि साथ-साथ उपस्थित रहें।

न ये दोनों एक-दूसरे के पर्यायवाची हैं, न पूरक।

साहित्य में स्त्री-तत्त्व, स्त्री-दृष्टि क्या है, इसे सही-सही पकड़ना आपकी ज़िम्मेदारी है।

हम जानते हैं, अस्सयोत्तर महिला-लेखन किसी परम्पराविहीन ज़मीन पर पैदा नहीं हुआ था। उसे अपने से पहले आई प्रबुद्ध लेखिकाओं की तैयार की हुई ज़मीन मिली थी। एक समृद्ध सांस्कृतिक विरासत उसके पास हमेशा से थी, देश-विदेश की साहित्यिक कृतियों से उसका परिचय था।

ज़रा ध्यान दें, इस काल की अधिकांश लेखिकाएँ उच्च शिक्षित थीं। कइयों को देश-विदेश में यात्रा करने, अध्ययन करने का सुयोग भी मिला था। लेकिन क्या अधिकांश महिला लेखन अपने रूढ़ आख्यान को तोड़ पाया? कोई नया कथ्य आविष्कृत कर पाया?

कोई ऐसी चीज़ जहाँ उससे पहले का पुरष-लेखन न जा पाया था?

यदि आज भी अधिकांश हिन्दी महिला-लेखन हमें उत्साहित नहीं करता, तो क्यों? वह बार-बार कुछ विषयों में क्या इसलिए जा गिरता है क्योंकि आज भी आलोचना केवल रूढ़ विषयों को ही समझ पाती है, नई ज़मीन को पहचानने लायक़ तैयारी उसकी नहीं है।

मैं समझती हूँ, आप जैसे अध्येता लेखकों की कसौटी होना चाहिए। हममें से किसी भी लेखक को आपकी सम्मति कठोर जाँच के बाद ही मिलनी चाहिए। आपके पास ऐसी आलोचकीय प्रज्ञा होनी चाहिए कि आप सच्चे और नक़ली, चालाक व फ़ैशनेबल लेखन को अलग-अलग कर सकें।

आज स्त्री-लेखन और स्त्री-विमर्श को मिलाकर देखने से बड़ा घाल-मेल हुआ है। स्त्री-विमर्श की जड़ें सामाजिक व्यवस्था में हैं, लेकिन स्त्री-लेखन के पंख आसमान में।

आपके अध्ययन का विषय स्त्री-लेखन है या स्त्री-विमर्श, इसकी स्पष्टता आप में होनी चाहिए। आप महिला लेखन को कुछ रूढ़ प्रत्ययों में घटाकर देखना चाहते हैं, या उसके खोजे नये वितान जानना चाहते हैं?

क्या एक कृति आपकी बुद्धिमत्ता को उकसाती है? आपके परिचित यथार्थ को ध्वंस करती है? क्या उसे पढ़ने के बाद आपके दिन का रंग बदलता है?

यदि वह ऐसा नहीं करती, तो सब बेकार है।

साहित्य-लेखन अन्य विधाओं से बहुत भिन्न है। यहाँ अपनी बात कहना आना चाहिए और छिपाना भी। आज अधिकतर आलोचना कथ्य को पकड़कर शोर मचाती है। एक पत्रिका में शोर मचता है, तो सब उसे पढ़ने लगते हैं, अपनी विचार-बुद्धि को स्थगित कर।

कितना ही लेखन है, जो हमारे छोटे शहरों, छोटी पत्रिकाओं, छोटे प्रकाशकों के यहाँ से छपने के कारण जानकारी में आने से रह जाता है। यह लेखन, हल्की आवाज़ में ईमानदारी से, भले ही हमेशा उत्कृष्ट कलात्मकता से नहीं, स्वयं को व्यक्त कर रहा है।

क्या आपका इस पर ध्यान है?

पिछले तीन-चार वर्षों में जिन लेखिकाओं ने नये व विशद विषयों पर गम्भीर कथानक लिखकर आलोचकों-पाठकों का ध्यान खींचा है, उनमें जया जादवानी, मधु कांकरिया व शीला रोहेकर प्रमुख हैं। मधु कांकरिया का उपन्यास 'सेज पर संस्कृत' धर्म की आड़ में व्यभिचार को बेनकाब करता है। जया जादवानी ने पाँच हज़ार वर्ष पूर्व की सिन्धु संस्कृति से आज के सिन्धी विस्थापितों तक की गाथा पर एक अच्छा उपन्यास 'मिठो पानी खारो पानी' लिखा है, तो शीला रोहेकर ने कोंकण के प्राचीन यहूदियों की वंश-गाथा—'मिस सेम्युएल एक यहूदी गाथा'।

आप इनके विषय देखकर ही इन लेखिकाओं की अपने लेखन-कर्म के प्रति गम्भीरता का अनुमान लगा सकते हैं। क्या आप इस ज़िम्मेवारी के प्रति सजग हैं कि आपको एक विविध, विचारोत्तेजक रचना-सूची न केवल बनानी है, उसे नया भी करते रहना है?

धीरे-धीरे आप पहचानेंगे, हमारा हिन्दी महिला लेखन कितनी नई राहों पर निकल गया है।

मैं यहाँ उन रचनाकारों को छोड़ रही हूँ, जिन्हें आप आम तौर पर पढ़ते हैं, जिन पर हम इन दो दिनों में बात करेंगे। मैं कवयित्रियों का उल्लेख भी स्थगित कर रही हूँ क्योंकि कविता के सत्र में उन पर बात होगी।

मैं सिर्फ़ एक-दो रचनाकारों का उल्लेख करना चाहती हूँ, जो आज भी मुझे उत्साहित करती हैं।

क्या आपने ज्योत्स्ना मिलन को पढ़ा है? दीपक शर्मा को? सारा राय को?

यदि घरेलू परिस्थितियों के दार्शनिक तत्त्व जानते हैं, तो ज्योत्स्ना मिलन पढ़ जाइए। उनकी कथनी अक्सर अपने एकालापों में चिन्तनशील है और प्रश्नाकुल। उनके उपन्यास 'अ अस्तु का' में लड़की रसोई की खिड़की से आसमान देख रही है, उसमें हवा, फिर चील और कहती है—*कितनी मज़ेदार बात है। एक जन्म चील का, एक चींटी का, एक पेड़ का...एक आदमी का, एक औरत का। क्या कुछ नहीं हुआ जा सकता? वरना मुक्ति काहे की हुई...।*

भारतीय पुरुष का धुँधला लेकिन क्रूर चेहरा देखना हो तो दीपक शर्मा की कहानियाँ पढ़ जाइए। भ्रूण हत्याएँ, औरतों को विक्षिप्त कर देनेवाले सब मुखड़े वहाँ मिल जाएँगे। लेकिन आख्यान की कलात्मकता यह कि वह यथार्थ में नहीं, किसी फ़ंतासी में से झाँकता दिखता है।

पीड़ा के क्षण से आगे चले आए चरित्र। लगभग मंटों के चरित्रों की तरह।

समर्थ लेखन ही यह कर सकता है, देखने के दो बिन्दुओं को एक क्षण में स्थित कर दे। एक भी शब्द वहाँ फ़ालतू नहीं।

जीवन का एक तत्त्व है—कौतुक। उसे देखना हो तो सारा राय की कहानियाँ हैं—'अबाबील की उड़ान'। एक असहनीय-सा भोलापन जो बहुत कम दिखता है साहित्य में। एक पात्र मुझे कभी भूलता नहीं। बेसुरा है, लेकिन एक धुन गाना चाहता है, जो उसके दिमाग़ में गूँजती रहती है। गाने को मुँह खोलता ही है कि ध्यान आता है, बेसुरा सुर बाहर आएगा। मुँह बन्द कर लेता है।

अभी हिन्दी की प्रखर आलोचक प्रोफ़ेसर निर्मला जैन की आत्मकथा आई है—'ज़माने में हम'। एक स्त्री भाषा का उपयोग कैसे करती है, किस पैनी निगाह से स्मृति उघाड़ती है, अपने अध्यापकीय जीवन में एक-एक क़दम पर विवेकशील हस्तक्षेप करती है, अपने अध्येताओं की पीढ़ियों का मानस गढ़ती है। संघर्ष,संवेदना और बुद्धिमत्ता का ऐसा मोहक मेल मैंने कम ही पढ़ा है।

एक और बड़ी अद्‌भुत किताब आई है संगीतकारों पर, सुनीता बुद्धिराजा की 'सात सुरों के बीच'। बिस्मिल्लाह ख़ाँ, पंडित जसराज, बालमुरली कृष्ण आदि पर।

लगभग हर संगीतकार किसी दैवी उपस्थिति का ज़िक्र करता है या दैवी अनुभव का।

इस पुस्तक को पढ़ते हुए मुझे अजीब-सा विक्षोभ हुआ। हर संगीतकार अपना संगीत किसी दैव तक पहुँचना चाहता है, उसके लिए अपने भीतर के सर्वोत्तम स्वर, नाद की तह तक पहुँचना चाहता है। हम लेखक ही क्यों इस दुनिया तक रह जाते हैं? यहीं के विमर्शों तक?

शब्द और अर्थ से आगे क्यों नहीं जाते?

लेकिन कभी-कभी कोई अच्छी कहानी, कोई अच्छी कविता हमें ज़रूर वहाँ ले जाती है, हमारे होने के मौन में।

हम यहाँ केरल में बैठे हैं। मुझे तकषि का 'चेम्मीन' याद आ रहा है। एक सुई मेरे दिल में उतरती है। क्या यह नायिका का दुख है? या कि पुरुष लेखन की सुई?

क्या हम तकषि को 'पुरुष' लेखक कह सकते हैं? या शरतचन्द्र को 'स्त्री' लेखक? या रस्किन बांड को बाल-लेखक? पी राजम को महिला, एल सुब्रमण्यम को पुरुष वादक? अगर नहीं, तो क्यों नहीं?

और महाभारत का स्त्री-विमर्श? वह उन प्रश्नों में है, जो द्रौपदी भरी सभा में उठाती है, अम्बा भीष्म से कहती है, गांधारी कृष्ण से। क्या वहाँ कोई स्त्री-तत्त्व है महर्षि व्यास का, जो अभी तक अलक्षित चला आ रहा है?

और आप पुरुष लोग? आप यहाँ क्या कर रहे हैं इस विमर्श में? स्त्री-दृष्टि क्या है, उसका भेद पाने आए हैं आप? कि हम जो देखती हैं, उसी तरह क्यों देखती हैं?

चेम्मीन के अन्त में तकषि कहते हैं—*जिस समय उसका पतिव्रत भंग हुआ, पति के लिए प्रार्थनाएँ ख़त्म हुईं, उसके पति को समुद्र में डूबने से कोई नहीं बचा सकता था।*

क्या हम तकषि के इस वाक्य को स्त्री-विरोधी कह सकते हैं?

अगर हम ऐसा कहें तो हमसे अधिक कूढ़ मगज़ कौन होगा?

साहित्य की मर्यादा सामाजिक आचार से नहीं, अपने कथानक से बँधी है।

ये कुछ उदाहरण इसलिए कि एक बार रच लिये जाने के बाद एक रचना का अपना जीवन शुरू हो जाताा है। उसे रचकर रचनाकार मुक्त हो या न हो, कृति ज़रूर मुक्त हो जाती है। वह न स्त्री रहती है, न पुरुष।

केवल एक मानवीय स्थिति, एक मानवीय अनुभव, जिसे समझने, हम उसके पास बार-बार जाते हैं।

(केरल हिन्दी प्रचार सभा, तिरुवनन्तपुरम, के तत्त्वावधान में 30-31 दिसम्बर, 2015 को 'अस्सयोत्तर हिन्दी साहित्य में महिला लेखन' विषयक हुई दो दिवसीय राष्ट्रीय संगोष्ठी में दिया गया बीज-भाषण।)

नया साहित्य : नये प्रश्न

आप जब किसी नई किताब को खोजते पढ़ते हैं, क्या कभी यह ध्यान आता है, कि यह वही हिन्दी भाषा है, जिसे आज से सवा सौ बरस पहले लाखों भारतीय लोगों ने सिर्फ़ एक किताब चन्द्रकान्ता पढ़ने को सीखा था?

कहते हैं चन्द्रकान्ता में जादुई तिलिस्म और बहरुपिये ऐयारों के ऐसे-ऐसे कारनामे बयान थे, कि लोग छापेख़ाने के बाहर चक्कर लगाते रहते थे, नई क़िस्त के इन्तज़ार में।

सन् 1888। उत्तर भारत के आधिकारिक कार्यकलाप की भाषा उर्दू-फ़ारसी और घर में पूजा-पाठ की भाषा देवनागरी संस्कृत। अंग्रेज़ी का ज़ोर बढ़ रहा था मगर सिर्फ़ ऊँचे तबक़े में।

अगर आप गूगल करें तो पता चलेगा, उस साल 1888 में, जब बनारस में चन्द्रकान्ता उपन्यास छपना शुरू हुआ था, उससे क़रीब 600 किलोमीटर दूर उत्तर प्रदेश के मुरादाबाद ज़िले में बेमौसम आँधी आई थी। अप्रैल के महीने में। गेंद के आकार के ओले पड़े थे और क़रीब ढाई सौ लोग ओलों की मार से मर गए थे।

सन् 1888 में ही गांधीजी क़ानून की पढ़ाई करने लन्दन रवाना हुए। इंग्लैंड में श्री अरविन्द घोष अंग्रेज़ों की ऊँची प्रशासनिक सेवा ICS में चुने गए। तमिलनाडु में भारत के पहले उपराष्ट्रपति डॉ. सर्वपल्ली राधाकृष्णन का जन्म हुआ था।

सन् 1888 में बहादुरशाह ज़फ़र को गुज़रे 25 बरस हो चुके थे, ग़ालिब को गुज़रे 20 बरस।

सिर्फ़ 30 बरस पहले, सन् 1857 की आज़ादी की पहली लड़ाई में, मेरठ बरेली की जिन सड़कों पर अंग्रेज़ सरकार ने सैनिकों को पेड़ों पर लटकाया था, फाँसी दी थी, अब उस सारे इलाक़े के लोग, जैसे देश के बाक़ी हिस्सों में भी, देवनागरी सीख रहे थे, एक कथा जानने के लिए। चन्द्रकान्ता पढ़ने के लिए।

'महाभारत' 'रामायण' के देश में!

क्या ये नये पाठक सड़कों के वे भयानक दृश्य भूल गए थे? क्या इन्हें अंग्रेज़ सरकार का शासन सहनीय हो गया था?

याकि ये सब बातें अलग-अलग हैं?

हम नागरिक होते हुए, राजनीतिक मत रखते हुए भी कल्पना की दुनिया में बरबस खिंचे जा सकते हैं, अपनी नहीं कल्पना की दुनिया की शर्तों पर, और इन सबमें कोई विरोधाभास नहीं?

क्या इससे हम अपने विषय की शुरुआत कर सकते हैं—नया साहित्य : नये प्रश्न?

क्या ये वही लोग थे जो भविष्य में कांग्रेस की सभाओं में गए होंगे? तीन साल पहले 1885 में इंडियन नेशनल कांग्रेस की नींव पड़ी थी।

खड़ी बोली के ये पहले-पहल पाठक स्वभाव में कैसे थे?

ये वे पाठक नहीं थे, जिन्हें भारतेन्दु हरिश्चन्द्र हिन्दी के प्रति प्रतिबद्धता के लिए तैयार कर रहे थे, जिनसे पुनर्जागरण की उम्मीद थी।

ये चन्द्रकान्ता की कथा के मोहपाश में खिंचे आए पाठक थे। हमारी परम्परा में जो भी तिलिस्म सम्भव था, बस उसका क़िस्सा जानने।

क्या इन्हें अपने हुक्मरानों से कोई शिकायत थी? क्या ये सामाजिक व्यवस्था में कोई बदलाव देखना चाहते थे याकि जो चल रहा था, उसी से सन्तुष्ट थे? घर की स्त्रियों के प्रति इनकी क्या सोच थी?

चन्द्रकान्ता का क़िस्सा सिर्फ़ पुरुष पढ़ते थे या घर की स्त्रियाँ भी? क्या इनके पढ़ने के रोमांच में कोई अन्तर था—पुरुष-स्त्री पाठक के आस्वादन में कोई अन्तर?

क्या इन्होंने कभी सपने में भी सोचा था कि भविष्य में एक दिन हम स्त्री-विमर्श करेंगे और दलित विमर्श?

मैं ये सब सवाल इसलिए रख रही हूँ कि नया साहित्य अलग चीज़ है, नये सवाल अलग।

कोई ज़रूरी नहीं कि साहित्य विमर्श करे ही। या उसी तरह करे जैसा हम चाहते हों।

उदाहरण के लिए महाभारत में द्रोण और एकलव्य की घटना लें। द्रोण ने एकलव्य से गुरु दक्षिणा में दायाँ अँगूठा कटवा लिया। भविष्य के लिए अर्जुन का रास्ता साफ़ कर दिया, यह उसका दलित विमर्श होगा।

लेकिन इसका एक नैतिक पक्ष भी है। एकलव्य ने कुत्ते के मुँह को बड़े नृशंस तरीक़े से बींधा था, परन्तु उसका शिकार नहीं किया था। कुत्ता पीड़ा में था और चिल्ला नहीं पा रहा था। ब्राह्मण गुरु को लगा होगा, अगर यह बालक इस छोटी उम्र में ही इतना संवेदनशील, सहज क्रूर है, तो आगे चलकर क्या करेगा!

अगर आप महाभारत की कहानियाँ ध्यान से पढ़ें तो हर घटना अपना विमर्श स्वयं है, उस पर आप बाहर से विमर्श आरोपित नहीं कर सकते।

यह बात समूचे साहित्य के लिए सच है।

सन् 1888 से आज सन् 2018 तक हिन्दी साहित्य ने कथन और कथ्य का जो अद्भुत फ़ासला तय किया है, वह किसी रोमांच से कम नहीं। कहाँ रूसी और यूरोपियन शैली के असर में लिखे गए हमारे आरम्भिक उपन्यास। फिर उसके बाद भारतीय ज़मीन से उठते कथानक।

बात कहने के अलग-अलग अन्दाज़।

कहीं भाषा ठस, कहीं टटकी। कभी बात शुरू से शुरू, कभी बीच से।

कहानी की डोर कभी यथार्थ में, कभी इतिहास और स्मृति में। कभी ग़रीब का दुख, कभी अमीर का। कभी बच्चे, कभी बूढ़े का।

न गाली लिखने से परहेज़, न यौन संवेग कहने से। हर चरित्र हाशिये पर भी और केन्द्र में भी।

खड़ी बोली में शुरू की गई कथा के ऐन बीच कोई दूसरी बोली, कोई दूसरा अंचल। कथानक के बीचोबीच भाषा का जादुई यथार्थ। कभी पंजाब उपस्थित, कभी बंगाल, कभी जगदलपुर। विभाजन की कथाएँ, आदिवासियों की, काले पानी की।

उपन्यास निबन्ध की तरह लिखे गए। आत्मकथाएँ उपन्यास की तरह।

जो काम राष्ट्रभाषा कहलाने से सम्भव नहीं हुआ, वह कथाएँ कहने से हुआ।

हरेक कथा का कोई-न-कोई पक्ष, प्रतिपक्ष। इतना कि सुननेवाले को पूछना पड़े, पार्टनर, तुम्हारी पॉलिटिक्स क्या है?

क्या इतनी विविध शैलियों का मापदंड एक ही सौन्दर्यशास्त्र हो सकता है? एक ही तरह की प्रतबिद्धता हो सकती है?

फिर प्रश्न उठता है, हम साहित्य से विमर्श की उम्मीद क्यों करते हैं?

क्या यह उम्मीद हमारी आधुनिक समय की जटिलता से जुड़ी है?

यहाँ राजनीति, मानव अधिकार, न्याय-अन्याय की घालमेल को अनदेखा कर हम सिर्फ़ साहित्य का रस नहीं ले सकते। हमारे प्रजातंत्र और शिक्षा ने हमें केवल नागरिक अधिकार ही नहीं दिये, हममें वह संवेदना भी विकसित की है जो हमें पीड़ा के स्रोत के प्रति मुखर करती है, समाधान ढूँढ़ने को प्रेरित करती है, प्रश्न पूछने को क्षुब्ध करती है।

हर विमर्श के केन्द्र में एक स्थिति है, जो जड़ है।

पात्र बदल जाते हैं, कथा बदल जाती है, लेखक की पीढ़ी बदल जाती है, स्थिति फिर भी ज्यों-की-त्यों। न वह साहित्य में बदलती नज़र आती है, न समाज में, न जीवन में।

तब हम बेचैन होकर कहते हैं, इस पर विमर्श होना चाहिए। चौराहे के बीच पड़ी इस चट्टान को हमें हटाना चाहिए।

हम यह काम राजनीति में नहीं कर पाते, समाज के किसी दूसरे पटल पर भी नहीं। हमें लगता है, और कहीं न सही, हमारी बौद्धिक चेतना में ही यह तसवीर कुछ बदले।

लेकिन विमर्श करने की हमारी इच्छा हमारी नागरिक चेतना का हिस्सा है, पाठकीय स्वभाव का नहीं। इतना मामूली लेकिन ज़रूरी अन्तर करना हमें आना चाहिए।

मुझे लगता है, जैसे आप लोग किताबों की सूची बनाते हैं, ये स्त्री-विमर्श की ज़रूरी किताबें हैं, ये दलित-विमर्श की, ये प्रगतिशील साहित्य है, ये कलावादी, उसी तरह का लिस्ट उन विध्वंसकारी किताबों की बननी चाहिए, जो हमारे सब विमर्श उड़ा देती हों।

(गवर्नमेंट विमेन कॉलेज, तिरुवनन्तपुरम की संगोष्ठी में उक्त विषय पर 10-11 जुलाई, 2018 को दिया गया बीज-भाषण।)

यात्रा, यात्री और वृत्तान्त

मैं सेंट थॉमस कॉलेज, प्रोफ़ेसर वनजा, प्रोफ़ेसर मोहनन, प्रोफ़ेसर शीना एप्पन की आभारी हूँ, जिन्होंने आप सबके बीच मुझे उपस्थित होने का मौक़ा दिया। यात्रा-वृत्तान्तों पर बात करनी हो और God's Own Country में आने का मौक़ा हो, तो कौन हाथ से जाने देगा।

मैंने जब पढ़ा, केरल में 44 नदियाँ हैं, तो बेहोश होते-होते बची। हमारी दिल्ली में एक ही नदी है, यमुना जी, जिसे हम सबने अपनी लापरवाही से गन्दे नाले जैसा कर रखा है, फिर भी कभी पुल से गुज़रती हूँ तो नीचे झाँकती हूँ। अच्छा लगता है। कभी भगवान कृष्ण उनके तट पर खेला करते थे।

आपके यहाँ तो बरकत ही बरकत है। द्वारका नगरी डूबने लगी, तो श्रीकृष्ण ने वायु देव और गुरु बृहस्पति को बुलाकर कहा, मुझे दक्षिण ले चलो। उस स्थान का नाम पड़ा—गुरुवायुर। जीसस की मृत्यु के बाद शिष्यों की मुश्किल होने लगी तो सेंट थॉमस की नौका जेरूसलम से चलकर सीधे आपके यहाँ आ लगी।

अब देखिए, ईश्वर की इस नगरी में हम कैसे मगन बैठे हैं।

क़रीब 20 बरस पहले मेरा कोच्चि आना हुआ था। एक लेखक मित्र ने अखिल भारतीय कोई आयोजन किया था। उसके बाद मैं जब कन्याकुमारी जाने लगी, तो वह बहुत चिन्तित हुए। बोले, यहाँ हर मलयाली ने कम-से-कम तीन रेप कर रखे हैं, सँभलकर रहना!

बात झूठी थी पर वे आँकड़ों में बात करते थे। बाद में मैंने जाना, अकेली कोई महिला यात्रा कर रही हो तो जाने-अनजाने सब पुरुष ऐसी ही बातें करते हैं। गार्जियन बनकर।

कन्याकुमारी मैं ट्रेन से गई। रास्ते में दो रेल पुलिस वाले मेरी चिन्ता करने लगे। किसी तरह झूठी कहानियाँ गढ़-गढ़कर मैंने उनसे जान छुड़ाई। कहा, मेरे पति और बच्चे वहाँ मिलेंगे। वग़ैरह-वग़ैरह।

रात को अरब सागर के किनारे जाकर बैठी, तो एक साइकिल सवार ने दूर से देखा, वह औरत मरने जा रही है। वह मुझे बचाने आ पहुँचा। सच कहती हूँ, उससे पहले तक मेरी ऐसी कोई मंशा न थी। लेकिन उसके जाते ही ज़रूर मन हुआ, समुद्र में डूबकर देखूँ।

आप लोगों ने कॉन्फ्रेंस का एक सत्र रखा है, क्या महिला यात्री अलग तरह से देखती हैं? मैं बहुत उत्सुक हूँ उसे सुनने के लिए।

महिला यात्री अलग तरह से देखती है कि नहीं, यह तो आप लोग बताएँगे, पर उसे दूसरे सब अलग नज़र से देखते हैं, यह मैं कह सकती हूँ। देश हो या विदेश, ऐसा कभी नहीं हुआ कि मुझे कोई गार्जियन न मिला हो। अगर कोई महिला सचमुच अकेली होकर यात्रा कर सके, तो वह सार्वजनिक अभिनन्दन करने योग्य है।

यात्रा करने का सबसे बड़ा आनन्द यही है। आप अनजान लोगों की कहानियाँ सुनते हैं, वे आपकी। कितनी तसल्ली रहती है, उनसे फिर कभी मिलना नहीं होगा। उन्हें कभी आपके झूठ-सच का पता नहीं चलेगा। हर आदमी बड़ा नहीं तो छोटा एडवेंचर तो कर ही सकता है।

कभी-कभी हम सबके भीतर एक अन्धड़ उठता है। बेघर हो जाने का मन करता है। हम अपने से कहते हैं—चले जाना है, कहीं दूर चले जाना है।

कुछ मालूम नहीं होता, कहाँ जाना है? किसे छोड़ना है? किसी ख़तरे का होश नहीं रहता। न उसकी कोई परवाह।

ये गूँज इस तरह जब-तब हमारे भीतर क्यों उठती है?

हज़ारों बरस पहले, जिस दिन मनुष्य ने पहले-पहल आग जलाई होगी,

फिर अपनी कुटिया, खेत और खूँटा बाँधा होगा, उसके घुमन्तू मन का एक हिस्सा बाहर छूट गया होगा। आसमान के नीचे, किसी नदी-पर्वत के पास।

वही हमारा पुरातन मन जब-तब लौटता है। कहता है, कहीं दूर चले जाना है।

यात्रा करना एक बात है, उसके बारे में वृत्तान्त लिखना दूसरी। मैं इस व्याख्यान में इन्हें अलग-अलग रखना चाहती हूँ। यात्रा, यात्री और वृत्तान्त।

हमें इनका अन्तर समझ लेना चाहिए। महान यात्राएँ करना और उनका वृत्तान्त लिखना—ये अलग-अलग चीज़ें हैं।

यह संसार हमसे हर समय कुछ कहता है। 'In the begining was the word and the word was with God...' यह तो आपको याद होगा?

मनुष्य ने भाषा बनाई ही इसलिए होगी कि वह दूसरे को अपना आश्चर्य बता पाए! इस पृथ्वी पर होने का।

हमारे आसपास अब इतना शोर है कि सिर्फ़ यात्रा के दौरान हमें वह मद्धिम-सी आवाज़ सुनाई पड़ती है, आदिम सृष्टि की। कैसी भी यात्रा हो, किसी खँडहर की, अनजान देश की, समुद्र-पर्वत या जंगल-झरने की—हर यात्रा में एक बिन्दु आता है, जब यात्री अपने भीतर एक स्पन्दन महसूस करता है, सृष्टि की बुदबुदाहट।

लेकिन हर कोई उसे कह नहीं पाता। जो कह पाता है, वही लेखक है। इसलिए ये तीनों चीज़ें अलग हैं—यात्रा, यात्री, लेखक। अगर आप अपने जीवन में सिर्फ़ एक काम कर पाएँ, यात्रा, तो भी वह काफ़ी है।

दरअसल जितना यह धरती, इसकी धुरी हमें अपनी ओर खींचती है, उससे कहीं ज़्यादा ऊपर की चीज़ें—आसमान, हवा, चिड़ियाएँ, स्वर्ग की कल्पनाएँ। जिसने भी हवाई जहाज़ बनाया, चिड़िया की तरह उड़ने के लिए था। वह ज़मीन और जल पर सबसे तेज़ भागेगा, यह बाद में पता चला।

एक निजी अनुभव बताना चाहती हूँ। यहाँ मॉरीशस से आए हमारे मेहमान बैठे हैं। कई बरस पहले, उनके सुन्दर देश मेरा जाना हुआ था, किसी प्रतिनिधि मंडल में। सारा सप्ताह समुद्र तट के साथ आते-जाते मैं हिन्द महासागर के ऊपर गुब्बारे में बँधे आदमी देखती रही, उड़ते हुए।

कैसी बेचैनी थी। मैं सभाओं में बैठी थी और वहाँ आसमान में आदमी खड़े थे!

सौभाग्य से आख़िरी दिन पैरासेलिंग करने का मेरा संयोग हुआ। उन्होंने मुझे खुले गुब्बारे जैसी किसी पाल के साथ बाँध, रस्सी से समुद्र के ऊपर लहरा दिया। एक तेज़ रफ़्तार नौका से मैं बँधी थी। मैं ऊपर उठती गई, पतंग की तरह। शायद सौ-डेढ़ सौ मीटर ऊपर।

वहाँ कुछ न था, न ऊपर, न नीचे—न स्वर्ग, न देवता। केवल पारदर्शी हवा का समुन्दर, उसके रंगहीन भँवर। वे मुझे वैसे ही खींच रहे थे, डुबोते हुए, जैसे जल के भँवर।

जो आदमी नीचे से हवा में मजे करता दिखता था, ऊपर डर के मारे मरा जा रहा था।

अगर आपने आइज़ैक डाइनेसन की किताब 'आउट ऑफ़ अफ्रीका' पढ़ी हो तो उसमें ऐसा ही एक वाक़या है। वह उड़ान से लौटती है तो उसका सेवक पूछता है, 'ऊपर क्या था?' 'हवा।' 'उसके ऊपर?' 'बादल' और 'ऊपर?'

वह बताती जाती है।

'क्या वहाँ ईश्वर दिखा था?' वह कहती है, 'नहीं।'

'फिर उड़ने का क्या फ़ायदा?'

मैं यही सोचती हुई धरती पर लौटी।

विडम्बना देखिए, लौटते ही पता चला, वहीं, उसी तट पर, नीचे जाकर, समुद्र के धरातल पर चला जा सकता था, बॉडी सूट और ऑक्सीजन मास्क पहनकर!

जिज्ञासा का कोई अन्त नहीं।

समुद्र के धरातल से और नीचे जाएँ तो वहाँ भी कुछ होता होगा?

बीबीसी का एक प्रोजेक्ट है—*जर्नी टू द सेंटर ऑफ़ अर्थ।* अभी कुछ दिन पहले मैं यों ही उसे देखते-देखते नीचे चली गई। धरती के पेट में। लगभग केन्द्र तक।

नक़्शा कह रहा था, इस वक़्त आप इतना किलोमीटर नीचे आ गए, आप यह देख रहे हैं, वह देख रहे हैं। इस समय आपके सिर पर इतने हाथियों का भार है। दो हाथी, दो हज़ार, दस हज़ार हाथी।

मैं नीचे उतरती गई। अब क़रीब पचास हज़ार हाथियों का भार मेरे सिर पर था। मैं क़रीब 5000 किलोमीटर धरती के अन्दर थी। अचानक कम्प्यूटर नक़्शे ने मुझे बधाई दी। *अब आप धरती के केन्द्र तक आ पहुँचे हैं, चारों दिशाएँ आपको अपनी तरफ़ खींच रही हैं, इस वक़्त आप बिलकुल भारहीन हैं।*

इससे पहले कि मैं ख़ुश होती, नक़्शा झिपझिपाया, *बहुत ख़ुश न हों, इस वक़्त यहाँ का तापमान छह हज़ार डिग्री सेल्सियस है, आप कब के राख हो चुके हैं!*

हँसी की बात नहीं। आप इंटरनेट पर इसे देख सकते हैं।

जहाँ हम जा नहीं सकते, वहीं क्यों जाना चाहते हैं?

पहले चाँद, अब मंगल। सुना है, कई लोगों ने एकतरफ़ा टिकट बुक कराई है! उन्हें यहाँ लौटने की कोई इच्छा नहीं।

कोई हमें छिप-छिपकर देखता ज़रूर है। दूर ग्रह का प्राणी, कोई खँडहर, कोई पुरखा। लगातार बुलाता रहता है। जब तक हम जूते न बाँध लें, घर से निकलकर आसमान के नीचे न आ जाएँ।

रॉबिन्सन क्रूसो तो आपको याद होगा? निर्जन द्वीप पर बह आया डूबा नाविक। और गुलीवर की यात्राएँ, लिलिपुट, राक्षस?

हमारे बचपन की दुनिया को ये वृत्तान्त कैसे भरे रहते थे। यदि हमारी दुनिया में सचमुच वैसे लोग न होते, हमारे बड़े, यदि हम सचमुच बौनों जैसे उत्सुक बच्चे न होते, तो क्या ये कथाएँ हमारे मन में इसी तरह रहतीं?

यात्राएँ लिखने के लिए नहीं की जातीं। बल्कि कई बार इसलिए लिखी जाती हैं कि वे लेखक की आकांक्षा में जन्म लेती हैं। विभूति भूषण ने जो उपन्यास लिखा था, *चाँदेर पहाड़*, अफ़्रीका के जंगलों के बारे में, कोरी कल्पना से लिखा था, बंगाल के जंगलों में बैठे हुए।

जो यात्राएँ इसलिए की जाती हैं, कि कभी उनके बारे में लिखेंगे, हमेशा बेहतरीन नहीं बन पातीं, हालाँकि इधर से वर्षों में इसके अपवाद हैं—वी एस नायपॉल की भारत पर पुस्तकें, अमिताभ घोष का इजिप्ट पर संस्मरण, दुनिया के विविध कोनों से लिखे पीको आयर के रिपोर्ताज।

और हमारे अपने कृष्णनाथ, जिन्होंने हिमालय के बौद्ध जगत पर महत्त्वपूर्ण वृत्तान्त लिखे। नागार्जुनकोंडा लिखा। अभी दो सप्ताह पहले उनका 80 बरस की उम्र में निधन हो गया। बेंगलुरु में।

यात्रा-वृत्तान्त को समर्पित इस आयोजन में मैं आप सबके साथ कृष्णनाथ जी की पुण्य-स्मृति को नमन करती हूँ।

इतिहास गवाह है, ह्वेन सांग का वृत्तान्त हो या अल बरूनी का, मार्को पोलो, साँ एक्जुपरी, या एलेक्ज़ेंडरा डेविड नील का। इनमें से किसी ने लिखने के उद्‌देश्य से यात्राएँ नहीं कीं।

यात्राएँ केवल 'देखने' के लिए की जाती हैं।

कोई चीज़, कोई स्थान, कोई प्राचीन स्मृति हममें कौंधती है और हम निकल पड़ते हैं—केदारनाथ-बद्रीनाथ देखने, बनारस की गंगा में डुबकी लगाने, गुरुवायूर, कन्याकुमारी, रामेश्वरम् पहुँचने।

कोई यात्री कभी पूरा वापस घर नहीं लौटता। थोड़ा-सा अपना अंश उस स्थान को छोड़ आता है।

सदियों बाद हम उस स्थान पर जाते हैं, तो हमें पता होता है, यहाँ राम रुके थे, गिलहरी को छुआ तो उसमें लहरियाँ पड़ गई थीं। नालंदा के इस खँडहर में कभी ह्वेन सांग चला करते थे। इस तट पर सेंट थॉमस की नाव आ लगी थी, गुरुवायूर में। ब्राह्मणों की तरह उन्होंने भी ईश्वर को जल भेजा, फिर ईश्वर ने उनका जल पकड़ लिया, बूँदें हवा में अटकी रह गई थीं।

यात्री के साथ, उस स्थान के साथ, पाठक का अनवरत संवाद चलता रहता है। सदियों पार से।

मार्को पोलो को चीन के राजा कुबलाइ ख़ान के यहाँ बिताए 24 बरस वेनिस के कारावास में याद आए थे। एक साथी क़ैदी को वह अपनी आपबीती सुनाया करते थे, उसी ने उनकी यात्रा लिखी थी, बीच में अपना भी बहुत कुछ जोड़ दिया।

यही सांस्कृतिक यात्रा है, दूसरे की आपबीती में अपना भी थोड़ा-सा कुछ जोड़ देना।

साँ एक्ज़ुपरी बीसवीं सदी के शुरुआती उड़ाकू चालकों में थे। कहते हैं, विमान उड़ाते हुए वह लिखने लग जाते थे, भूल जाते थे, हवा में अकेले हैं। उनके लेखन में हमें आसमान के, सितारों के, रेगिस्तान के अद्भुत वर्णन मिलते हैं। उनकी एक पुस्तक का नाम ही है—Wind, Sand and Stars!

एक बार क्रैश होकर वह सारा रेगिस्तान में जा गिरे। बड़ी मुश्किल से बचे।

दूसरी बार समुद्र में गिरे, लाश तक नहीं मिली।

बीसवीं सदी की शुरुआत में फ्रांस की एलेक्ज़ेंडरा डेविड नील।

वह सिक्किम में और फिर वहाँ से तिब्बत पैदल सिर्फ़ इसलिए चलती गईं क्योंकि वहाँ विदेशियों का जाना निषिद्ध था। उन्होंने भोटी सीखी, उड़नेवाले लामाओं के साथ रहीं, ख़ुद भी तंत्र से उड़ना सीखा। अपने सब कारनामे चिट्ठियों में पति को लिखती रहीं, जो बाद में छपे।

पति बेचारे फ्रांस में बैठे उनकी राह तकते रहे।

उन्नीस महीने की यात्रा का कहकर गई थीं, 14 साल बाद लौटीं!

जो व्यक्ति यात्रा के लिए निकलता है, वह वही नहीं, जो उस यात्रा से लौटता है।

ज़रूरी नहीं, वह अपना सम्पूर्ण अनुभव लिख ही पाए। और मानवीय अनुभव—वह है भी तो बहुत जटिल। स्मृति कितनी धीरे-धीरे अपनी परतें खोलती है। कभी एक कोने पर रोशनी पड़ती है, कभी दूसरे पर। हमें पता ही नहीं होता, हमारे अन्दर क्या-कुछ भरा पड़ा है।

यात्री स्वयं ऊपरी-बाहरी ब्योरे लिखता है और कोई दूसरा उसकी यात्रा की आन्तरिक प्रक्रिया। फिर सदियों बाद हम दोनों ब्योरों को पढ़कर उस व्यक्ति की एक मुक़म्मिल तसवीर बनाते हैं।

मैं जानती हूँ, यहाँ आनेवाले तीन दिनों में बड़े विचारोत्तेजक विमर्श होनेवाले हैं। हम कई तरह के वृत्तान्तों की बात करेंगे, कई दुनियाओं में आएँगे-जाएँगे। यहाँ हिन्दी, अंग्रेज़ी, मलयालम के विद्वान-विदुषियाँ बैठे हैं। नई-नई बातें जानने को मिलेंगी।

मैं आपके साथ एक-दो ऐतिहासिक वृत्तान्तों की चर्चा करके इस प्रक्रिया को समझना चाहती हूँ—ये जो हमारी दुनिया है, मूर्त-अमूर्त, पुस्तकों-इंटरनेट से भरी, इसमें से वृत्तान्त क्या एक-दूसरे से जुड़ते हैं?

मेरा मानना है, ठीक उसी समय जब हमारी एक दुनिया मिट रही होती है, कहीं दूर कोई दूसरा यात्री उसे बचाने निकल चुका होता है!

वृत्तान्त सिर्फ़ स्मृतियाँ नहीं हैं, एक मिटती जाती दुनिया का अभिलेखन हैं।

जैसा किसी कवि ने कहा है—*हाथों में पता नहीं रबड़ है कि पेंसिल है, जितना भी लिखता हूँ, उतना ही मिटता है।*

सबसे पहले चीनी यात्री ह्वेन सांग।

सातवीं शताब्दी के उनके यात्रा-वृत्तान्त में अधिकतर राजनीतिक ब्योरे हैं। वृत्तान्त उनके चीनी राजा के ज्ञानवर्धन के लिए लिखा गया था, राजा की रुचि जिस तरह की कूटनीतिक जानकारियों में हो सकती थी, ज़्यादातर इसी सबका ब्योरा वहाँ है, जब तक कि ह्वेन सांग चीन देश पार नहीं कर लेते।

भारत आने पर ह्वेन सांग के विवरण तीर्थ-यात्री के हो जाते हैं। उनका राजा बौद्ध था। यहाँ का राजा हर्ष कुम्भ पर अपना सारा कोष दान कर देता था, फिर दोबारा उसे अर्जित करता था, हिन्दू-बौद्ध प्रजा को एक समान रखता था, इस सबका वर्णन वह बड़े कौतुक से करते हैं।

यात्री ह्वेन सांग के व्यक्तिगत कष्टों की कोई जानकारी हमें उनके वृत्तान्त में नहीं मिलती। न उनके मन का हवाला। ज़ाहिर है, जिसके लिए लिख रहे थे, उसकी रुचि उनके कष्टों में न थी!

वह यात्रा कैसी उत्कटता में से निकली थी, इसका पता हमें उनके शिष्य द्वारा लिखी उनकी जीवनी से चलता है। बौद्धों के एक ग्रंथ योगाचार में मिलावट थी। संस्कृत में उसे पढ़ते हुए ह्वेन सांग ने महसूस किया।

कैसे किया?

इसका थोड़ा-सा अनुमान चार सौ साल बाद लिखी अल बरूनी की एक टिप्पणी से मिल सकता है। ज़रा देखिए, कैसे एक वृत्तान्त दूसरे का अनकहा समझने में हमारी मदद करता है!

अल बरूनी दर्ज करते हैं—*हिन्दू अपनी पुस्तकें याद रखने के लिए उन्हें छन्द में लिखते हैं।*

तब क्या ह्वेन सांग को छन्द की बुनावट में, उसके उच्चारण, मात्रा-संख्या में कोई अन्तर मिला था? ध्वनि की किरकिरी से उन्हें इतनी बेचैनी हुई थी?

शिआन के मठ में, जिसे हम आज टेराकोटा आर्मी वाले नगर की तरह जानते हैं, उन्होंने संस्कृत सीखी थी। चीनी मठ में भारतीय गुरु वहाँ पढ़ाते थे!

कल्पना कीजिए, सातवीं सदी में भारतीय संस्कृति के प्रसार का। ह्वेन सांग योगाचार का मूल ग्रंथ देखना चाहते थे, उसमें कितने श्लोक हैं, आदि। जब चीन में अकाल की भुखमरी फैली, लोग शहर छोड़कर जाने लगे, चौबीस बरस के ह्वेन सांग ने सोचा, शहर छोड़कर जाना ही है तो भारत क्यों न चला जाऊँ।

रास्ता आसान न था। बीच में गोबी रेगिस्तान। अफ़्रीका के सहारा जैसा दुरूह, कंकालों से पटा हुआ। दूर-दूर तक छितरी रियासतें। कोई बौद्ध, कोई तुर्की। कहीं-कहीं चीनी राजाओं की भारतीय रानियाँ। जीता-जागता रेशम मार्ग। ऊँटों के क़ाफ़िले।

बूढ़े ह्वेन सांग अपने शिष्य हुइली को अपनी गाथा सुनाते हैं। वह उसे दर्ज करता है। तब हमें पता चलता है, एक दिन ह्वेन सांग प्यास से मरनेवाले थे रेगिस्तान में। उनका घोड़ा बेहोशी की हालत में उन्हें गोबी के एक नखलिस्तान तक पहुँचाकर स्वयं मर गया।

आगे पहुँचे तो एक राजा उनकी विद्वत्ता पर ऐसा मुग्ध हुआ कि क़ैद कर दिया, भारत न आने दे। तब ह्वेन सांग ने भूख हड़ताल की। वहाँ से छूटे, राजा के उपहारों से लक-दक, तो रास्ते में डाकुओं का हमला। समरकन्द होते हुए बामियान पहुँचे।

जो विशालकाय बुद्ध अभी कुछ बरस पहले अफ़गानिस्तान में बारूद से उड़ाए गए थे, इन्हें ह्वेन सांग ने देखा था। इनका ज़िक्र वह करते हैं।

फिर कन्धार में पर्वत की गुफा का दर्शन, जहाँ महात्मा बुद्ध की छाया का पहले-पहल चित्रण हुआ था। कहते हैं, ऐसे तेजस्वी थे बुद्ध कि कोई चित्रकार उनके मुखमंडल का सामना न कर पाता था। एक सुबह वह गुफा के द्वार पर आए तो उनकी अनुमति से शिष्यों ने दीवार पर गिरती उनकी छाया का चित्रण किया था।

ह्वेन सांग बुद्ध निर्वाण के 1200 बरस बाद वहाँ पहुँचे, तब तक कन्धार की उस गुफा में यह चित्र मिलता था।

मैं आपको ह्वेन सांग की यात्रा के काल के चक्के में घुमाना चाहती हूँ, जहाँ कुछ भी स्थिर नहीं। इससे हमें समझ में आएगा कि हम जो देखते हैं, यात्राओं में, जिसके बारे में पढ़ते हैं, वह हर पल बदल रहा होता है।

कुछ माह ह्वेन सांग कश्मीर में रहे, वहाँ के पंडितों के साथ संस्कृत ग्रंथों की पढ़ाई की। फिर मथुरा, इलाहाबाद का कुम्भ, नालन्दा। पहले शिष्य, फिर अध्यापक।

नालन्दा पहुँचे तो चार द्वार। चारों पर पहरा। अपने समय का महान गुरुकुल, दूर-दूर से आए दस हज़ार विद्यार्थी जहाँ पढ़ते थे। जहाँ द्वार पार करने की अनुमति से पहले आचार्य परीक्षा लेता था!

प्रहरी उन्हें भीतर न जाने दें। जैसा आज भी कॉलेज-यूनिवर्सिटी में होता है।

नालन्दा के कुलाधिपति, आज की शब्दावली में कहें तो चांसलर, आचार्य शीलभद्र तक समाचार पहुँचा तो उन्होंने बुलवाया। देखा, यह तो वही विदेशी है, जिसका पूर्वाभास उन्हें स्वप्न में मिला था! यह बौद्ध धर्म का सन्देश दूर-दूर तक पहुँचाएगा।

ज़रा देखिए, ह्वेन सांग की यात्रा कितने स्तरों पर चल रही है—भूगोल की दुरूहता में, तुर्क-मंगोलों की मार-काट में, मनुष्य देह के कष्टों में, एक ग्रंथ की तलाश में, अपने समय के एक बड़े मनीषी के स्वप्न में!

हर यात्रा के इतने ही बहुल पक्ष होते हैं। बस पात्र बदल जाते हैं। जिज्ञासा बदल जाती है। कोई खँडहर देखने निकलता है, कोई ग्रंथ लेने, कोई किसी दिग्विजयी यात्रा के समूह में।

क्या कोई एक वृत्तान्त एक यात्रा के इतने सारे पक्षों के साथ न्याय कर सकता है?

अब हमारे दूसरे यात्री—अल बरूनी। मध्यकालीन युग के सबसे बड़े इस्लामी इतिहासकार, खगोलशास्त्री, भाषाविद्।

जैसा कि मध्ययुग का चलन था, शाही दरबारों में कलाकारों, विद्वानों की क़द्र होती थी। दरबारी होने का मतलब था, उस राज्य में अपनी प्रतिभा में सबसे श्रेष्ठ होना। अकबर के यहाँ नवरत्न थे, आप जानते ही हैं।

अल बरूनी अपने देश ख्वारेज़्म, अब उज़्बेकिस्तान, के दरबारी विद्वान थे। उनके राजा का तख़्ता पलटा तो वह बन्दी बना लिये गए, लेकिन जल्द ही नये राजा ने उनकी प्रतिभा पहचानी और वह फिर से दरबारी बना दिये गए। अब वह राज ज्योतिषी थे और राजा के आधिकारिक इतिहासकार।

जानते हैं, नया राजा कौन था?

महमूद गज़नवी!

सोमनाथ का मन्दिर लूटकर स्त्रियों-पुरुषों को घोड़ों के पीछे बाँधकर दास बना ले जानेवाला बर्बर राजा। उसने भारत पर कुल सत्रह बार हमले किये। सन् 1024 में सोमनाथ पर उसका सोलहवाँ हमला था।

अल बरूनी गज़नवी के साथ उसके पहले हमले के समय भारत आए, 1017 में, उसकी 'यश-गाथा' का इतिहास लिखने। गज़नवी कन्नौज, मथुरा आदि में लूट-मार करता रहा और अल बरूनी भारत जैसी विचित्र भूमि का अध्ययन।

गज़नवी लूट का माल गज़नी ले जाता और उलटे पैर वापस लौटता, भारत के किसी नये हिस्से पर हमला करने। भारत के रजवाड़ों में कोई तालमेल न था, सब मार खाते रहे।

इस बीच अल बरूनी भारत के रूढ़ समाज में पैठ करते हैं। इतिहासकार मानते हैं, कई बरस वह पंजाब क्षेत्र में रहे। ब्राह्मणों की शास्त्रार्थ करने की लत का यह हाल कि उन्होंने एक म्लेच्छ को अपनी देव भाषा सिखाई। उनके यहाँ संसार को कैसे देखते हैं, बताने-जानने को।

धीरे-धीरे क़िस्सा बड़ा दिलचस्प होता जाता है। एक दरबारी अपनी मुलाज़मत भूलकर पराये देश के ज्ञान के आकर्षण में सब भूल जाता है। महमूद गज़नवी को भारत में सोमनाथ के हीरे-जवाहरात दिखते हैं, अल बरूनी को उपनिषदों की चर्चाएँ। जिसके भीतर जो है, वह उसे बाहर दिखता है।

ज़रा ध्यान दीजिए। दोनों यात्री हैं। एक साथ भारत आए हैं। ज्ञानी ज्ञान खोजता है, हत्यारा रक्त। दोनों इतिहास में बचते हैं, लेकिन कितनी अलग-अलग तरह से याद किये जाते हैं!

आज कोई अल बरूनी को गज़नवी के दरबारी की तरह याद नहीं करता। उन्हें गज़नवी के हमलों का वृत्तान्त लिखना था। लेकिन वह भारत की ज्ञान-परम्परा का वृत्तान्त लिखने लगे। जिस वर्ष महमूद गज़नवी मरा, 1030 में, उसी बरस अल बरूनी की भारत पर पुस्तक छपी। कुल बारह किताबें उन्होंने भारत पर लिखीं, संस्कृत से अनुवाद भी किये।

शायद उन्हें मालूम था, हमलावर बीत जाएगा, ज्ञान बचा रहेगा।

आज यूनाइटेड नेशन्स के आँगन में उनकी मूर्ति लगी है, स्विट्ज़रलैंड में।

इस सबसे क्या सिद्ध होता है?

यही कि सिर्फ़ ज्ञान बचता है।

ज्ञान ही ज्ञान को सींचता है। पुस्तकें, इमारतें, ज्ञान को दिमाग़ में सँभालनेवाला शरीर—ये सब भले नष्ट हो जाएँ, ज्ञान बच जाता है, पुस्तक में नहीं, अन्त:ज्ञान में, intuitive wisdom में।

हम सबकी असली यात्रा यही होनी चाहिए—intuitive wisdom तक।

यह भी मालूम होता है कि यात्रा करने जो जाता है, वह केवल शरीर नहीं। शरीर शायद एक आवरण है, उस मन, संस्कार और जिज्ञासा का, जो यात्रा करने जाते हैं।

एक बात और समझ में आती है। हर किसी की यात्रा सांस्कृतिक कर्म नहीं। हमारे यहाँ इतनी तीर्थ यात्राएँ होती हैं, हज़ारों लोग दुर्गम यात्राएँ करते हैं—अमरनाथ, वैष्णोदेवी, शबरीमला, पंढरपुर, सेंट थॉमस की पहाड़ी। जब तक एक की यात्रा दूसरे की भावना में, अन्त:प्रज्ञा और अन्तर्दृष्टि में कुछ नया नहीं जोड़ती, वह मूल्यवान नहीं।

यात्रा सांस्कृतिक कर्म तभी बनती है जब वह उस स्थान से, वहाँ आए अपने पूर्व यात्रियों से, संवाद करती है।

ज़रा इस क्षण को ध्यान से देखिए। मैं बात कर रही हूँ, आप सुन रहे हैं। इसी एक क्षण में हमारी छाया समय पर और समय की छाया हम पर पड़ रही है।

आप इसे साफ़ देख सकते हैं।

स्मृति सिर्फ़ मनुष्यों में नहीं होती, स्थान भी याद रखते हैं, कौन कब वहाँ आया था। मूल्यवान वृत्तान्त वही है, जिसमें इन दोनों पक्षों की स्मृति एक बिन्दु पर आकर ठहर जाए।

ह्वेन सांग ने कपिस में, उड्डयन में (आज अफ़गानिस्तान) जो बौद्ध राज्य देखे थे, वह उस समय ही पतनग्रस्त थे। आज उनका नामोनिशान नहीं। अल बरूनी ने हिन्दुओं की जो रूढ़ जीवन पद्धति दर्ज की थी, वह ग्यारहवीं सदी में ही संक्रमण काल में गुज़र रही थी। उसमें लोच न होती तो अल बरूनी कभी संस्कृत न सीख पाते। म्लेच्छ बने रहते।

अपने यहाँ हम अक्सर सुनते हैं, हिन्दुओं ने कभी इतिहास नहीं लिखा। जैसे इतिहास न लिखकर हमने कोई बड़ा ज्ञान पा लिया हो।

आज जिस बोधगया मन्दिर में लाखों बौद्ध सिर झुकाते हैं, आप जानते हैं, दो सौ साल पहले तक किसी को उसका पता न था?

इतनी मार-काट से भारत गुज़र चुका था। नालन्दा-राजगीर कहाँ हैं, किसी को पता भी न होते यदि अलेक्ज़ेंडर कनिंघम नाम के एक ब्रिटिश सेना अफ़सर ने ह्वेन सांग की पुस्तक न पढ़ी होती। देखिए, एक पाठक कैसे एक संस्कृति का उद्धार करता है!

डेढ़ हज़ार साल पहले एक पुस्तक ढूँढ़ते हुए कभी ह्वेन सांग यहाँ आए थे। अब उनका यात्रा-वृत्तान्त पढ़कर यह अंग्रेज़ जंगल-जंगल घूम रहा था। ह्वेन सांग ने जो दूरियाँ लिखी थीं, दिशाएँ लिखी थीं, उन स्थानों को कनिंघम अनुमान से खुदवा रहा था।

हमारे पुरातत्त्व की खोज किसी भारतीय ने नहीं की, अंग्रेज़ सरकार ने की। उन्होंने उसके लिए अलग से पुरातत्त्व विभाग बनाया। धीरे-धीरे भारतीयों को पता चला, ये उनके धरोहर हैं। साँची, महाबलीपुरम, अजन्ता-एलोरा, खजुराहो, लद्दाख के हेमिस, आल्ची, कपिलवस्तु, लुम्बिनी।

कोई मिट्टी में दबा पड़ा था, कोई समुद्र में, कोई घने जंगलों में।

ये हैं असल यात्राएँ। वृत्तान्त।

यह नहीं कि इस गाड़ी में, जहाज़ में हम बैठे, वहाँ उतरे, एक भालू मिला, चीते से मैं मरते-मरते बचा!

उन्नीसवीं शताब्दी हमारे राष्ट्रीय जीवन का संक्रमण काल है। विरोधाभास देखिए। बाहर से आए विदेशी, केवल एक हज़ार-बारह सौ वर्ष की बाल सभ्यता वाले लोग, हमें 'आइडिया ऑफ़ इंडिया' बता रहे थे!

इससे पहले हमारी पूरी संस्कृति ने आत्म के बारे में सोचा था, हिन्दू-मुसलमान-म्लेच्छ होने के बारे में सोचा था। ब्राह्मण-शूद्र होने के बारे में भी।

लेकिन 'भारतीय होना'? यह क्या था?

पाँच-छह सौ से ज़्यादा रजवाड़ों में बसा यह देश। राजाओं के पराक्रम के अनुसार हर दस-बीस बरस में बदलता नक़्शा। भारत के पुराने नक़्शे देखिए। दो-ढाई हज़ार साल पुराने नक़्शे आसानी से इंटरनेट पर उपलब्ध हैं।

कभी भारत पश्चिम में अफ़गानिस्तान तक फैला है, लेकिन दक्षिण में महाराष्ट्र से नीचे नहीं।

पाकिस्तान में तक्षशिला की तरफ़ जाइए, जहाँ सिकन्दर-पोरस युद्ध हुआ था, सिन्धु नदी की बाढ़ से डरकर सिकन्दर लौट गया था। वहाँ साधारणत: घुँघराले बालों वाले, गोरे, साढ़े छह फ़ीट ऊँचे सुदर्शन पुरुष आपको दिख जाएँगे। यवनों के रक्त-बीज। कम्बोडिया जाइए, दक्षिण के चोल राजा वहाँ अंगकोर वाट बनवा रहे थे। श्रीलंका के पोलोन्नुनुरुवा में शिव मन्दिर हैं, राजा बौद्ध था, रानी हिन्दू।

क्या यात्राएँ हमें आत्म-बिम्ब दे सकती हैं? हमारी सांस्कृतिक अस्मिता की पहचान दे सकती हैं?

जैसे ही राष्ट्रवाद की संकीर्णता जड़ पकड़ती है, पहले विश्वयुद्ध के बाद, अंग्रेज़ी राज के ख़िलाफ़ भारत-भारत का शोर मचाता है, कट्टरता बढ़ती है, टैगोर हमें चेताते हैं, हम हमेशा से सार्वभौमिक रहे आए हैं, केवल भारतीय नहीं!

यह चेतना टैगोर में कहाँ से आई होगी? उपनिषदों के ज्ञान से? अपनी अन्तहीन यात्राओं से?

उन्होंने देखा होगा, कैसे भारत की मनीषा बिना घोड़े-तलवार के, बिना किसी देश का पुस्तकालय जलाए, केवल अपने मनीषियों के जीवनचरित से आधी से ज़्यादा दुनिया को अपना बनाती आई है।

क्या यात्राएँ हमें एक उदात्त, एक सम्पूर्ण, मनुष्य बना सकती हैं?

हम यहाँ यात्रा-वृत्तान्तों पर चर्चा करने इकट्ठा हुए हैं। मैं आपके साथ मिलकर उन्हें किसी बड़े परिप्रेक्ष्य में समझने का प्रस्ताव रखती हूँ।

यदि शाश्वत समय कोई संरचना है और उसमें मनुष्य के बौद्धिक उद्यमों के तरह-तरह के खाँचे हैं, मनुष्य ने यदि इस सृष्टि को अपनी जिज्ञासा से कई तरह से उधेड़ा-बुना है, तो यात्रा-वृत्तान्तों के बिना इसकी तसवीर पूरी नहीं बनती।

जो वैज्ञानिक नासा में टेलीस्कोप लगाए आसमान की गतिविधि देखता है, जो वैज्ञानिक ईश्वर का 'हिग्स बोसोन' तत्त्व ढूँढ़ निकालता है, वह भी यात्री है, और जिसे अन्तरिक्ष में दूर-दूर तक जाकर भी ब्रह्मांड का कर्ता नहीं दिखता, वह भी।

लेकिन यात्री—स्वयं—वह कौन है?

वह नहीं जो आपसे अपना सच-झूठ कहकर अगले स्टेशन पर उतर जाएगा। बल्कि वह जो आपके भीतर सन्नाटा छोड़ जाएगा। जहाँ आप सृष्टि की बुदबुदाहट सुनेंगे।

हर यात्री कुछ बताना चाहता है, पर बता नहीं पाता।

'I can tell, there I have been
But where? I can not say'

जैसा कि बहुत पहले एक कवि कह गया था।

(सेंट थॉमस कॉलेज, कोजेनचेरी, केरल के तत्त्वावधान में 22-25 दिसम्बर, 2015 को हुई 'यात्रा-वृत्तान्त व सांस्कृतिक आदान-प्रदान' अन्तरराष्ट्रीय संगोष्ठी में दिया गया बीज-भाषण।)

भाषा, मौन और अनुवाद

सबसे पहले योर्दंका जी और प्रोफ़ेसर मिलेना जी को मेरा बहुत-बहुत धन्यवाद, जिनके न्योते के कारण मुझे आप सब हिन्दी विद्वानों के बीच उपस्थित होने का मौक़ा मिला। आप सब लोगों ने हिन्दी से मेरे से कहीं ज़्यादा प्रेम किया होगा, यह मैं महसूस कर सकती हूँ। अपनी भाषा में लिखनेवाले के लिए अपनी भाषा के गुण-ग्राहकों से मिलने से बड़ा कोई रोमांच नहीं है। जैसे एक ही चीज़ से प्रेम करनेवाले कई प्रेमी मिल बैठें और इस तरह अपने-अपने प्रेम को समझें।

भारत से बहुत भिन्न, अपने-अपने देश की एकदम अलग संस्कृति में रहकर हिन्दी साहित्य का अध्ययन-मनन। ऐसा कोई क्यों करेगा, जब तक ऐसा करने से उसके अपने जीवन को कोई अर्थ न मिलता हो?

आप मेरे देश की भीड़ देखते होंगे, जीवन की विकट परिस्थितियाँ, लोगों का संघर्ष। आप कोई समाज-विज्ञानी भी नहीं।

क्या चीज़ आपको हमारे साहित्य में खींचती होगी? कोई जाना-पहचाना शब्द? इतिहास में से झाँकती कोई गाथा? सड़क पर देखा कोई तपता हुआ चेहरा?

मैं जब किसी नये देश में होती हूँ, तो यही चीज़ें मुझे बुलाती हैं। एक धक् सी मुझे खींचती है।

क्या है यह धक्? अब यह न पूछिएगा, इसका अनुवाद क्या है?

बरसों पहले ज़्बीग्निएव हर्बर्त को पढ़ते समय यह धक् हुई थी। बाद में मैंने उनके ख़ूब अनुवाद किये। पोलिश मुझे आती नहीं थी, अंग्रेज़ी से किये। कहाँ पोलैंड की कम्युनिस्ट व्यवस्था, कहाँ दिल्ली में बैठी एक हिन्दी पाठक।

मिस्टर कोजितो की श्रृंखला थी। बड़ी बेचैन करनेवाली कविताएँ। मिस्टर कोजितो अपने जीवन की विसंगतियों के बारे में सोचते रहते थे। न वह यहाँ होते थे, न वहाँ। अनमने, उचाट। कोजितो नाम ज़ाहिर है, लक्षणात्मक था।

हिन्दी में मिस्टर कोजितो लिखने से बात न बनती थी। चार-पाँच कविताएँ अनुवाद कर चुकने के बाद मेरी धक् ने उनका नाम सुझाया। श्रीमान मनीषी। जैसे ही मैंने यह नाम इस्तेमाल किया, कविताएँ खुल गईं, उनका विकट जीवन, उसका सन्ताप कहीं छिपा न रहा।

अब शायद आप इस धक् को पहचान रहे होंगे।

जब कोई रचना, कोई देश हमें इतनी इन्टेंसिटी से खींच रहा हो, बुला रहा हो, ऐसा हो नहीं सकता, आप दरवाज़ा खोलें नहीं, बाहर जाकर देखें नहीं कि कौन बुला रहा है।

कुछ ऐसा घटित होता है साहित्य में, जो भाषा की घटना होते हुए भी उससे मुक्त होता है।

आपके साथ भी ऐसा कुछ ज़रूर हुआ होगा कि आप बाक़ी सब विषय छोड़कर मेरी भाषा के साहित्य के पीछे आ गए।

हमारे बीच यही बात साझी है—किसी धक् के पीछे चले जाने की हिम्मत।

बरसों बाद मैं जब डॉक्टर रोता के साथ बैठकर हर्बर्त के उन अनुवादों को मूल से मिलाने बैठी, मैंने कहा, पता नहीं कैसे यह नाम अपने आप टेक्स्ट में आ गया, श्रीमान मनीषी, जैसे इसके बिना कविता बनती न थी। उन्होंने कहा, ठीक ही तो किया, मूल कविता का आशय यही है।

कितनी रहस्यमय बात थी! मैं किसी गूँज को, ईको को सुनते हुए उस शब्द तक पहुँची थी। वह शब्द कहीं लिखा न था, लेकिन मेरी चेतना ने उसे पकड़ लिया था, उस गूँज का अनुवाद कर दिया था।

ऐसा कैसे हो सका था?

क्या आप समझ रहे हैं, मैं क्या कहना चाह रही हूँ?

हर टेक्स्ट में एक गुप्त जीवन है, उसकी पंक्तियों के बीच, उसकी पंक्तियों के नीचे। अपने पाठकों को वह अलग-अलग तरह से पुकारता है। उसे सुनने-न-सुनने से ही हमारी रीडिंग्स एक दूसरे से अलग बनती हैं। आप वहाँ एक बात सुनते हैं, मैं दूसरी।

जब हम किसी पेंटिंग को देखते हैं या किसी फ़ोटोग्राफ़ को, तो क्या इस बात पर ध्यान देते हैं कि जहाँ रंग नहीं हैं, जहाँ आकाश है, स्पेस है, वह भी उसकी संरचना का ज़रूरी हिस्सा है? एक टेक्स्ट को पढ़ते हुए क्या हम उसके अनलिखे को 'पढ़ते' हैं, उसके मौन को? कभी रुककर पन्ने की उस ख़ाली जगह को देखते हैं? मेरा आग्रह है, आप उसे पहचानें।

हर लेखक अपनी रचना में एक-दो जगह ऐसे अवकाश ज़रूर छोड़ता है। आप समझते हैं, वहाँ सिर्फ़ शब्द हैं। नहीं, ऐसा नहीं है। ध्यान से पढ़िए, वहाँ उसका खेल है और भेद भी। क्या आपने इसे देखा? पाठक नहीं, तो अनुवादक के नाते ही?

इसे पकड़े बिना आपकी मुक्ति नहीं। आप अच्छे-से-अच्छा अनुवाद कर लें, अगर इस अदृश्य तत्त्व का अनुवाद नहीं किया तो सब किरकिरी है।

आप इस अदृश्य, अनकहे तत्त्व को पकड़ लें तो भी कई समस्याएँ हैं। कुछ भाषाएँ स्वभाव से मुखर हैं, कुछ चुप्पा। कुछ संस्कृतियाँ निजी शोक को चुपचाप पीती हैं, कुछ में बाक़ायदा विलाप किया जाता है।

अब क्या किया जाए?

लोर्का की स्पेनिश कविता अंग्रेज़ी में नहीं लिखी जा सकती और टी.एस. इलियट की अंग्रेज़ी कविता स्पेनिश में नहीं। स्वेताएवा के अंग्रेज़ी अनुवाद पढ़कर मुझे उस पैशन की झलक मिल जाती है, जो उनकी मूल रूसी कविता में रहा होगा।

मेरे पास इन सब विलक्षण कवियों तक पहुँचने का एक ही रास्ता है, विदेशी भाषा अंग्रेज़ी का मेरा एकमात्र ज्ञान। लेकिन मेरा अपना पूर्वी सभ्यता से बना स्वभाव, मेरे ग्रहणशीलता में यह बारीक अहसास कि यह स्पानी मन है, यह अंग्रेज़, पढ़ने के मेरे अनुभव को बदल देते हैं। मेरा मन अनजाने में

मूल के स्वाद का अनुवाद करता है। मैं बिना नाम देखे बता सकती हूँ, यह कविता मूल अंग्रेज़ी में लिखी गई है, यह अंग्रेज़ी के बाहर से आई है।

ऐसा कैसे होता है?

इसका अर्थ है, भाषा को उसके मूल स्वभाव से अलग नहीं किया जा सकता। किसी भाषा के शब्द-भंडार अनुवाद करने में मदद करते हैं लेकिन स्वभाव का, स्वाद का अनुवाद मुश्किल है। असली रचना वही है, जो समूची-की-समूची दूसरी भाषा में जाती हुई दिखे भी और नहीं भी। उसका अनुवाद बार-बार करना पड़े।

हमारा दिल उसका मर्म समझ जाए लेकिन बता न पाए।

आप सहमत होंगे, हम लोगों में ज़्यादातर अनुवाद करने की उत्कट इच्छा इसी बेचैनी से शुरू होती है। कोई हमसे कहता नहीं, इस चीज़ का अनुवाद करो, इसके पैसे मिलेंगे, डिग्री मिलेगी, नम्बर मिलेंगे।

कोई अबूझ बेचैनी हमें उस टेक्स्ट की तरफ़ खींचती है। हम उसे छूने के लिए दौड़ पड़ते हैं। जिस बात ने हमारे दिल को इतना छुआ था, उसे दूसरों को बताना चाहते हैं, यह जानते हुए भी कि कुछ होगा, जो कहने से रह जाएगा।

क़रीब तीस बरस पहले मैंने इसी बेचैनी में पंजाबी के अद्वितीय कवि हरिभजन सिंह के अनुवाद किये थे, इस तसल्ली के साथ कि मेरी तो मातृभाषा ही पंजाबी है। हिन्दी उसकी बहन जैसी है।

मुश्किल क्या! मुझे हैरानी हुई, मुक्त छन्द की कविताएँ तो अनुवाद में आ गईं, छन्द कविताओं ने दूसरी भाषा में जाने से इनकार कर दिया।

कई तरह से कोशिश की, मैंने भी, हरिभजन सिंह जी ने भी। वह स्वयं हिन्दी के विद्वान थे। लेकिन पंजाबी छन्द अपनी जगह से टस-से-मस नहीं हुए। वह भी तब, जब वे एक बीच रास्ते के टीले पर बैठे हुए थे, पंजाबी में हिन्दी का आभास देते थे, हिन्दी में पंजाबी का! यक़ीन न आता हो तो सुनिए—

प्रभुजी तुम इक हो या दो
इनके उनके या सबहिन के

साचो साच कहो
हम समझे निरबैर तुम्हीं हो
और तुम्हीं निरभउ
बैर करो तुम और डरो तुम
कैसे गया ये हो

शायद आप देख पा रहे हों, कविता अलग चीज़ है, भाषा अलग। भाषा एक से दूसरे में जाने को तैयार है, 'कविता' नहीं।

अब और दुख बताती हूँ। शायद आपको यह सुनकर हँसी आएगी, कि मेरे जो अनुवाद दूसरी भाषाओं में हुए हैं, उनमें जो भाषा अंग्रेज़ी मुझे समझ में आती है, उसके अनुवाद मुझे सबसे अटपटे लगते हैं, और जर्मन, जिसमें मैं अनपढ़ हूँ, उसके अनुवाद अपने बहुत क़रीब। यह क्या माजरा है?

क्या इन भाषाओं का वाक्य-विन्यास?

अंग्रेज़ी में मैं अपना वाक्य पढ़ती हूँ तो लगता है, वह औंधा हो गया है। जो बात मैं बाद में कहना चाहती थी, उसे अंग्रेज़ी पहले कह रही है। जर्मन का वाक्य-विन्यास शायद हिन्दी जैसा है, वहाँ अनुवाद मूल की तरह चलता-रुकता महसूस होता है।

या यह कोई वहम है? जो नहीं जानती, वही सब अच्छा है।

एक रोचक घटना सुनाती हूँ। कई बरस पहले गोएटे इंस्टीट्यूट के निमंत्रण पर कविता-पाठ के लिए मेरा जर्मनी जाना हुआ। लोठार लुत्से जी ने अनुवाद किये थे। मैं मूल में पढ़ती और एक प्रोफ़ेशनल एक्टर जर्मन में। कई शहरों में पाठ हुआ। हर शहर में एक नया एक्टर उन्हें पढ़ता। म्यूनिख की मीटिंग के बाद उस शाम एक एक्टर आकर मुझसे मिला। बोला, 'मैं प्रोफ़ेशनल हूँ, हर शाम ही मुझे किसी-न-किसी रचना का पाठ करना होता है। लेकिन आज जब मैं ये कविताएँ पढ़ रहा था, मुझे लगा, मेरे अन्दर एक सन्नाटा उतरने लगा है। ऐसा बहुत कम होता है।'

क्या यह लुत्से जी का कमाल था?

ज़रूर उन्हीं का था। उन्होंने कुछ पकड़ लिया था, जो उस टेक्स्ट के शब्दों के बाहर था। उसी 'कुछ' की बात वह एक्टर कर रहा था।

लेकिन तब, हर एक्टर उसे क्यों नहीं पकड़ पाया?

ज़रा कल्पना करिए, हम सब किसी जगह बैठे हों और हमें कोई साझी भाषा न आती हो। हमारे भीतर कहानियाँ चल रही हों, एक पूरा जीवन, उसके दृश्य, उसके दुख-सुख और हम उसे बता न पा रहे हों। यह जगह कोई रेलगाड़ी हो या स्टेशन या स्टीमर या निर्जन द्वीप।

हमें कैसा लगेगा? हम क्या करेंगे?

ऐसा हो नहीं सकता कि सन्नाटा टूटे नहीं। आपस में कोई इशारा हो नहीं। संवाद की कोई कोशिश, भले वह एक-दूसरे को तुतली सुनाई दे, gibberish, हो नहीं।

भाषाएँ एक-दूसरे के पड़ोस में इसलिए रहती आई हैं, उनके शब्द एक-दूसरे के संसार में बड़ी सहजता से इसलिए आ जाते हैं क्योंकि यह मनुष्य का दिल है, जो अकेला नहीं रहना चाहता, जो संवाद चाहता है। उसे और कोई नहीं मिलता, तो अपने से ही बातें करने लगता है, बाक़ायदा सवाल-जवाब।

बहुत पहले एक कविता पढ़ी थी, सुनाना चाहती हूँ—

मैं गुलाब को गुलाब क्यों कहता
अगर मेरे पास गुलाब की ज़ुबान होती
मैं गुलाब को सुबह की मुस्कान कहता
अगर मेरे पास गुलाब की ज़ुबान होती
मगर मैं सुबह को सुबह क्यों कहता
अगर मेरे पास सुबह की ज़ुबान होती

सब भाषाओं का पुरुषार्थ यही है, संघर्ष भी यही—जो नहीं कह पा रहे, उसे कहने की कोशिश। इसी से दुनिया की हर भाषा में हर बरस एक-दूसरे के नये शब्द जुड़ जाते हैं, कई शब्द प्रयोग से बाहर चले जाते हैं, कई शब्द रूढ़ हो जाते हैं। कुछ शब्द एक भाषा में ताज़ा रहते हैं, दूसरी भाषा में मुरझा जाते हैं।

अभी पिछले दिनों बांग्ला कवि शंख घोष, जिन्हें इस बरस का ज्ञानपीठ पुरस्कार मिला है, की कविताएँ मैंने दो अलग-अलग अनुवादों में पढ़ीं। मुझे हैरानी हुई, शब्दों के आशय वही हैं, फिर भी कविताओं का स्वाद अलग है, जैसे वे दो बिलकुल अलग कविताएँ हों।

एक ने शीर्षक दिया है 'बादलों जैसा इनसान', दूसरे ने 'मेघ जैसा मनुष्य।' पहला अनुवाद युवा अनुवादक उत्पल बैनर्जी का है, दूसरा वरिष्ठ कवि प्रयाग शुक्ल का। शायद शंख बाबू की मूल कविता में मेघ शब्द ही लिखा गया है। शब्द संरचना में प्रयाग शुक्ल का अनुवाद शंख दा के निकट बैठता है लेकिन आज के मुहावरे को देखें, तो उत्पल बैनर्जी का, दोनों अनुवादकों में उम्र का अन्तर है और सुननेवाली एक नई पीढ़ी आ गई है, यह कारण भी।

कालजयी रचनाओं के अनुवाद इसीलिए बार-बार करने पड़ते हैं। रचना का सत्य वही रहता है, लेकिन भाषा का स्वर बदले बिना वह पहुँचता नहीं। महाभारत, इलियड तो छोड़ें, प्रेमचन्द, अज्ञेय को भी ताज़ा अनुवाद किये बिना नहीं पढ़ा जा सकता। भाषा एक ज़िन्दा चीज़ है, आपके गले से मेरे गले तक, मेरे कान से आपके कान तक, मेरे दिल से आपके दिल तक बराबर रास्ता बनाती हुई।

देखिए, पहले प्रयाग शुक्ल का अनुवाद—

गुज़र जाता है सामने से मेरे वह मेघ जैसा मनुष्य
लगता है छू दें उसे तो झर पड़ेगा जल
गुज़र जाता है सामने से मेरे वह मेघ जैसा मनुष्य
लगता है जा बैठे पास में उसके तो छाया उतर आएगी

अब उत्पल बैनर्जी का अनुवाद, यही 4 पंक्तियाँ वह 8 में तोड़कर लिखते हैं—

मेरे सामने से
बादलों जैसा वह इनसान चला जा रहा है

उसकी देह को थपकने से
लगता है पानी झरने लगेगा
मेरे सामने से
बादलों जैसा वह इनसान जा रहा है

(यहाँ 'चला' शब्द नहीं है, प्रयाग जी के अनुवाद में दोनों बार एक जैसी पंक्ति है।)

उसके पास जाकर बैठने पर
लगता है छाया उतर आएगी

कविता में पंक्ति को तोड़ने का अर्थ है, विराम लेना, साँस लेना, अर्थ को फैलने की जगह देना। ज़रूरी नहीं, एक भाषा में जहाँ साँस लेने को मिले, उसी जगह दूसरी भाषा में भी।

यहाँ कौन विश्राम कर रहा है? कविता या अनुवादक?

क्या एक बात को थोड़ा रुककर, अटककर कहने से उसके वज़न में कोई फ़र्क़ पड़ता है?

यही नहीं, ध्यान दीजिए, दोनों अनुवादों की क्रिया में अन्तर है। एक में 'गुज़र जाता है', दूसरे में 'चला जा रहा है'। एक में present tense है, दूसरे में present continuous। क्या इससे कविता के अर्थ में, उसके आशय में, उसकी छाया में अन्तर पड़ता है?

अनुवाद किस सीमा तक मूल के प्रति वफ़ादार हो और किस सीमा के बाद approximate हो, इस पर विचार होना चाहिए।

मूल के प्रति ईमानदार रहा जाए कि अनुवाद के प्रति? मूल के प्रति ईमानदार रहते हुए अगर अनुवाद में उसका सिर-पैर ही न निकले, तब? हमें शब्द का अनुवाद करना है कि अर्थ का? टेक्स्ट के आशय का? जातीय स्मृति अगर दूसरी भाषा में जाकर लोप हो जाती हो, तब क्या रास्ता है?

यहाँ शायद आपको हैरानी होगी कि भारतीय भाषाओं में भी हर भाषा की स्मृति अलग है, अलग ऐतिहासिक भौगोलिक दबाव के चलते है। ज़रूरी नहीं, मेरा हिन्दी पाठक उस सबटेक्स्ट को पकड़ ले, जो मेरे पंजाबी मन ने बुना है।

या मैं टैगोर का कोई गीत हिन्दी अनुवाद में पढ़ूँ तो उसके सब रंग मुझे केवल इसलिए दिखने में आ जाएँ कि मैं भी भारतीय हूँ।

क्या एक नई भाषा सीख लेना काफ़ी है? उसकी वर्णमाला पहचान लेना?

आप लोगों ने देवनागरी जैसी अजनबी लिपि सीखी है, रोमन और लैटिन लिपि से एकदम अलग, शुरू में उसकी बनावट ही आपको कितनी अटपटी लगती होगी। किसी समय मैंने भी उर्दू सीखने की कोशिश की थी। मुझे बड़ा रोमांच होता था कि जिस आड़ी-टेढ़ी लकीर का हिन्दी में कोई अर्थ नहीं, उर्दू में वह पूरा अक्षर है, उसे पढ़ सकते हैं, बोल सकते हैं।

उसके बाद मैंने अलग-अलग समय पर स्पेनिश, फ्रेंच और भोटी सीखनी चाही, संस्कृत में तो काफ़ी हद तक मेरी गति भी हो गई लेकिन जल्द ही मुझे समझ में आया, नई चीज़ पढ़ने की मुझे इतनी उतावली रहती है कि दिमाग़ को नया सबक़ याद रखने का जो विश्राम चाहिए, वह मेरे पास नहीं। आप लोग धीरज वाले निकले, मेरा साधुवाद।

लेकिन क्या एक भाषा, उसकी वर्णमाला सीख लेने से दरवाज़ा खुल जाता है?

हर भाषा में हर समय एक भरा-पूरा जीवन सक्रिय है, उसे उसकी जन्मभूमि में, उसके लोगों के बीच व्यवहार किये बिना नहीं जाना जा सकता।

मैं भले कितनी भी संवेदनशील होऊँ, मेरे तमिल या मलयालम भाषी कितने भी मित्र हों, भले मैं उनकी फ़िल्में भी खोज-खोजकर देखती होऊँ, उनकी भाषा की तह के नीचे किस तरह का जीवन सक्रिय है, यह वहाँ रहे बिना, उनकी बातें सुने बिना मुझे कभी पता नहीं चलेगा। किस देश की भाषा सीखनी हो तो क्लास रूम में नहीं, आपको उसकी सड़कों पर भटकना होगा, एकदम साधारण लोगों की बातें सुननी होंगी, वे कितना कह रहे हैं, कितना छिपा, इसे पकड़ने का रास्ता सीखना होगा।

एक-दूसरे के पड़ोस में रहकर भी भाषाएँ अलग और अनूठी इसलिए हैं कि हरेक के पास कोई ऐसी कुंजी है, किसी ऐसी जगह की, जिसे केवल वह ही छू पाती है। हम एक रचना के संसार में खिंचे चले जाते हैं और हमें

कोई अन्तर नहीं पड़ता कि इस दिल तोड़ कहानी को टॉमस मान ने जर्मन में लिखा था या अंग्रेज़ी में, टॉल्स्टॉय की कथा पढ़कर हम कई दिन सुन्न पड़े रहते हैं, लेकिन जब कोई बताता है, अरे उस अनुवाद में इतने पैरा ग़ायब हैं, हम ठगा हुआ महसूस करते हुए भी कृतज्ञ ही होते हैं कि इतना ही सही, हमारे भाग्य में कुछ तो आया।

इसी से उठता हुआ दूसरा प्रश्न। ज़रा कल्पना कीजिए यदि हमने केवल अपनी-अपनी मातृभाषा का साहित्य पढ़ा हो, न कोई दूसरी पुस्तक, न कोई दूसरा विषय।

हम कितने ख़ाली होंगे, कितने अपूर्ण। दुनिया की सुन्दर से सुन्दर चीज़, धन-दौलत, एक महान प्रेम (अगर हम भाग्यशाली हैं तो), भी उस सूराख़ को भर नहीं पाएँगे, जो हम अपनी आत्माओं में लेकर पैदा होते हैं।

हम जब हँसते हैं, रोते हैं, हमें पता भी नहीं होता, ठीक इसी पल दुनिया की कितनी कहानियाँ, कितनी कविताएँ, कहावतें जीने में हमारी मदद कर रही हैं।

जीवन की तरह भाषाओं में भी कोई उत्तर अन्तिम नहीं, कोई सत्य अन्तिम नहीं।

कहते हैं, टॉवर ऑफ़ बेबल को ईश्वर ने इसलिए गिरा दिया था कि मनुष्य उस तक कभी पहुँच न सके। उसने इतनी सारी भाषाएँ बना दीं कि न मनुष्य एक-दूसरे को समझ सके, न उस तक पहुँचने की हिम्मत कर सके।

लेकिन शायद ईश्वर मनुष्य के दिल के सन्नाटे को भूल गया। इस सम्भावना को कि जब भाषाएँ काम न करेंगी, ये मौन के सहारे ही एक-दूसरे को अपनी बात बता देंगे, मौन का अनुवाद कर लेंगे।

(बांसको में हुए सोफिया यूनिवर्सिटी, बुल्गारिया के क्लासिकल ईस्ट विभाग द्वारा आयोजित आधुनिक हिन्दी साहित्य पर केन्द्रित अनुवाद-शाला, 10-19 जुलाई, 2017, के लिए लिखा गया बीज-भाषण।)